T0016257

REBELIÓN EN LA GRANJA

ALMA CLÁSICOS ILUSTRADOS

GEORGE ORWELL

REBELIÓN EN LA GRANJA

Traducción de Ana Mata Buil

Ilustrado por
Riki Blanco

Título original: *Animal Farm*

© de esta edición:
Editorial Alma
Anders Producciones S.L., 2022
www.editorialalma.com

 @almaeditorial

© de la traducción: Ana Mata Buil, 2022

© de las ilustraciones: Riki Blanco

Diseño de la colección: lookatcia.com
Diseño de cubierta: lookatcia.com
Maquetación y revisión: LocTeam, S.L.

ISBN: 978-84-18933-39-4
Depósito legal: B4922-2022

Impreso en España
Printed in Spain

Este libro contiene papel de color natural de alta calidad que no amarillea (deterioro por oxidación) con el paso del tiempo y proviene de bosques gestionados de manera sostenible.

ÍNDICE

1

Por la noche, el señor Jones, de la Granja del Caserón, cerró las puertas de los gallineros, pero estaba tan borracho que no se acordó de cerrar las trampillas. Con el haz de luz que desprendía su linterna al bailar de lado a lado, recorrió el patio dando tumbos, se quitó las botas con un par de sacudidas junto a la puerta trasera, se sirvió un último vaso de cerveza del barril de la recocina y se dirigió a la cama, donde la señora Jones ya roncaba.

En cuanto se apagó la luz del dormitorio hubo un gran alboroto por todos los edificios de la granja. Durante el día había corrido el rumor de que el viejo Comandante, el premiado cerdo de raza blanca mediana, había tenido un sueño muy raro la noche anterior y deseaba comunicárselo a los demás animales. Habían acordado que se reunirían todos en el granero grande en cuanto el señor Jones hubiera desaparecido de su vista. El viejo Comandante (así lo llamaban todos, aunque el nombre con el que lo habían exhibido en la competición era Belleza de Willingdon) tenía tanto prestigio dentro de la granja que todos estaban dispuestos a perder una hora de sueño con tal de oír sus palabras.

En un extremo del granero grande, en una especie de plataforma elevada, el Comandante ya estaba acomodado en su lecho de paja, bajo un farol que colgaba de un travesaño. Tenía doce años y de un tiempo a esa parte se había puesto bastante fondón, pero todavía era un cerdo de aspecto majestuoso, con apariencia sabia y benevolente pese a que nunca le habían cortado los colmillos. Al poco tiempo empezaron a llegar los demás animales y se pusieron cómodos, cada uno a su estilo. Primero se presentaron los tres perros, Campanilla, Jessie y Pícaro, y después los cerdos, que se distribuyeron por la paja justo delante del estrado. Las gallinas se subieron a los alféizares, las palomas revolotearon hasta los travesaños, las ovejas y las vacas se tumbaron detrás de los cerdos y empezaron a rumiar. Los dos caballos de tiro, Boxeador y Trébol, llegaron juntos, a paso lento y apoyando los inmensos cascos peludos con sumo cuidado por si había algún animalillo escondido entre las briznas de paja. Trébol era una robusta yegua maternal que casi había alcanzado el ecuador de la vida y que nunca había recuperado del todo la figura después de tener su cuarto potro. Boxeador era una bestia enorme, de casi dieciocho palmos de altura, y tan fuerte como dos caballos normales juntos. La línea blanca que le bajaba por el hocico le confería una apariencia un tanto estúpida y, de hecho, no era el ser más inteligente del mundo, pero todos lo respetaban por su constancia y por su tremenda capacidad de trabajo. Detrás de los caballos llegaron Muriel, la cabra blanca, y Benjamín, el burro. Benjamín era el animal más viejo de la granja y el que tenía el peor carácter. Apenas hablaba y, cuando lo hacía, aprovechaba para soltar algún comentario cínico; por ejemplo, decía que Dios le había dado una cola para apartarse las moscas, pero que preferiría no tener cola a cambio de no tener moscas. Era el único de su especie entre todos los animales de la granja, y jamás se reía. Si le preguntaban por qué, su respuesta era que no veía motivos para reírse. A pesar de todo, y aunque no lo reconocía de forma explícita, admiraba mucho a Boxeador; los dos solían pasar los domingos juntos en el pequeño prado que había detrás del huerto de frutales, rumiando uno al lado del otro sin cruzar ni una palabra.

Los dos caballos acababan de recostarse cuando una nidada de patitos que habían perdido a su madre llenó el granero. Hacían cuac, cuac en voz baja y merodeaban de aquí para allá ansiosos por encontrar algún hueco en el que no los pisaran. Trébol formó una especie de muro alrededor de los patitos con su inmensa pata delantera y las avecillas se acurrucaron dentro y no tardaron en quedarse dormidas. En el último momento, Mollie, la bobalicona y guapa yegua blanca que llevaba la carreta del señor Jones, entró caminando con mucha delicadeza, mientras masticaba un terrón de azúcar. Tomó asiento cerca de la primera fila y empezó a sacudir la crin blanca, con la esperanza de que los demás se fijaran en los lazos rojos que la adornaban. El último en entrar fue el gato, que buscó, como siempre, el lugar más cálido, y al final se coló entre Boxeador y Trébol. Allí ronroneó complacido durante todo el discurso de Comandante sin escuchar ni una palabra de lo que les dijo.

Ya estaban presentes todos los animales salvo Moisés, el cuervo domesticado, que dormía en un posadero junto a la puerta trasera de la casa. Cuando Comandante vio que todos se habían acomodado y esperaban muy atentos, carraspeó y empezó a pronunciar su discurso:

—Camaradas, ya habréis oído hablar del extraño sueño que tuve anoche. Enseguida os hablaré de él. Pero antes me gustaría contaros algo. No penséis, camaradas, que estaré con vosotros muchos meses más, y antes de morir me siento en la obligación de transmitiros toda la sabiduría que he adquirido. He gozado de una vida larga, he tenido mucho tiempo para pensar mientras estaba tumbado a solas en mi pocilga, y creo poder afirmar que comprendo la naturaleza de la vida en esta tierra tan bien como cualquier animal que viva sobre ella. Y justo de eso quisiera hablaros.

»Ahora bien, camaradas, ¿cuál es la naturaleza de la vida que llevamos? Afrontémoslo, nuestras vidas son lamentables, fatigosas y breves. Nacemos, nos dan la comida suficiente para que el aliento no abandone nuestros cuerpos, y los que tenemos capacidad para hacerlo nos vemos obligados a trabajar hasta el último átomo de nuestras fuerzas; luego, en el mismo instante en que nuestra utilidad toca a su fin, nos matan con una crueldad atroz. Ningún animal de Inglaterra es libre. La vida de un animal es miseria y esclavitud: esa es la pura verdad.

»Pero ¿de veras esto forma parte del orden de la Naturaleza? ¿Se debe a que esta tierra nuestra es tan pobre que no puede permitirse proporcionar una vida decente a quienes la habitan? ¡No, camaradas! ¡Mil veces no! La tierra de Inglaterra es fértil, su clima es benigno y es capaz de producir alimentos en abundancia para una cantidad de animales muchísimo mayor que la que ahora la puebla. Solo esta granja, por ejemplo, podría alimentar a una docena de caballos, veinte vacas, cientos de ovejas... Y todos ellos vivirían con una comodidad y una dignidad que ahora apenas alcanzamos a imaginar. Entonces, ¿por qué se perpetúa esta situación tan lamentable? Porque los seres humanos nos arrebatan casi todo el fruto de nuestro trabajo. Ahí, camaradas, está la respuesta a todos nuestros problemas. Se resume en una única palabra: Hombre. El Hombre es el único enemigo real que tenemos. Si quitamos al Hombre del mapa, la verdadera causa del hambre y del exceso de trabajo quedará abolida para siempre.

»El Hombre es la única criatura que consume sin producir. No da leche, no pone huevos, es demasiado débil para tirar del arado, no corre lo bastante rápido para atrapar conejos. Y, sin embargo, es el amo de todos los animales. Los pone a trabajar, les devuelve el mínimo imprescindible para impedir que mueran de inanición y se queda con el resto. Nuestro esfuerzo labra la tierra, nuestros excrementos la fertilizan y, aun así, ni uno solo de nosotros posee más que su piel pelada. Vosotras, las vacas que tengo delante, ¿cuántos miles de litros de leche habéis producido durante este último año? Y ¿qué ha ocurrido con esa leche que debería haber alimentado a unos terneros robustos? Hasta la última gota de la leche ha bajado por el gaznate de nuestros enemigos. Y vosotras, gallinas, ¿cuántos huevos habéis puesto en este último año, y de cuántos de esos huevos llegaron a salir polluelos? El resto ha ido al mercado para darles dinero a Jones y sus hombres. Y tú, Trébol, ¿dónde están esos cuatro potros que pariste, que deberían haber sido tu solaz y el báculo de tu vejez? Los vendieron a todos al cumplir un año: no volverás a ver a ninguno jamás. Como recompensa por tus cuatro trabajos de parto y toda tu labor en los campos, ¿qué has obtenido salvo unas míseras raciones y un establo?

»Y ni siquiera a estas miserables vidas que llevamos se les permite alcanzar su máximo natural. No me quejo por mí, pues soy uno de los afortunados. He cumplido doce años y he tenido más de cuatrocientos hijos. En eso consiste la vida de un cerdo. Pero, a la postre, ningún animal se libra del cruel cuchillo. Vosotros, jóvenes puercos que os sentáis ante mí, todos y cada uno de vosotros chillaréis cuando os corten el cuello de aquí a un año, a más tardar. A ese horror nos encaminamos todos por obligación: vacas, cerdos, gallinas, ovejas..., todos. Ni siquiera los caballos y los perros tendrán un destino mejor. Tú, Boxeador, en cuanto esos fabulosos músculos que tienes pierdan fuerza, Jones te mandará al matarife, quien te cortará el pescuezo y te hervirá para alimentar a los perros raposeros. Y por lo que respecta a los perros, cuando sean viejos y desdentados, Jones les atará una piedra al cuello y los tirará al abrevadero más cercano.

»Dicho esto, ¿acaso no está claro y meridiano, camaradas, que todos los males de esta vida nuestra derivan de la tiranía de los seres humanos? Si nos deshacemos del Hombre, el fruto de nuestro trabajo será solo nuestro. Casi de la noche a la mañana podríamos ser ricos y libres. Entonces, ¿qué debemos hacer? ¿Qué pensáis? ¡Trabajar día y noche, en cuerpo y alma, para desbancar a la raza humana! Ese es el mensaje que os doy, camaradas: ¡la Rebelión! No sé cuándo llegará esa Rebelión, podría ser dentro de una semana o dentro de cien años, pero lo que sé, tan seguro como que veo esta paja bajo mis pies, es que tarde o temprano se hará justicia. ¡Fijad la vista en esa meta, camaradas, durante el resto de vuestras cortas vidas! Y por encima de todo, transmitid mi mensaje a quienes os sucedan, para que las futuras generaciones continúen con la lucha hasta alcanzar la victoria.

»Y recordad, camaradas, no debe faltaros nunca la resolución. Ningún argumento debe apartaros del camino. No escuchéis jamás a quienes os digan que el Hombre y los animales tienen un interés común, que la prosperidad de uno es la prosperidad de los otros. Son patrañas. El Hombre no persigue el interés de ningún ser salvo él mismo. Y entre nosotros los animales debería haber una unidad perfecta, una perfecta camaradería en la lucha. Todos los hombres son enemigos. Todos los animales son camaradas.

En ese momento hubo un tremendo alboroto. Mientras Comandante hablaba, cuatro ratas grandes habían salido sigilosas de sus agujeros y lo escuchaban sentadas sobre las patas traseras. De pronto, los perros las

vieron y solo una rápida carrera hasta las madrigueras salvó la vida a las ratas. Comandante levantó la pata para mandar silencio.

—Camaradas —dijo Comandante—, hay que establecer una regla. ¿Las criaturas salvajes, como las ratas y las liebres, son nuestras amigas o nuestras enemigas? Hagamos una votación. Planteo esta pregunta a los reunidos: ¿son camaradas las ratas?

Votaron al punto y acordaron por una abrumadora mayoría que las ratas sí eran camaradas. Solo hubo cuatro disidentes, los tres perros y el gato, que después se descubrió que había votado las dos cosas. Comandante continuó:

—Tengo poco más que añadir. Me limito a repetir: recordad siempre vuestra deuda de enemistad hacia el Hombre y todos sus actos. Todo aquel que vaya a dos patas es un enemigo. Todo aquel que vaya a cuatro patas, o tenga alas, es un amigo. Y recordad también que en la lucha contra el Hombre no debemos caer en la trampa de parecernos a él. Incluso cuando lo hayáis conquistado, no adoptéis sus vicios. Ningún animal debe vivir jamás en una casa, ni dormir en una cama, ni vestir ropa, ni beber alcohol, ni fumar tabaco, ni tocar el dinero, ni comerciar con nada. Todos los hábitos del Hombre son nocivos. Y, por encima de todo, ningún animal debe tiranizar jamás a los de su especie. Débiles o fuertes, listos o tontos, todos somos hermanos. Ningún animal debe matar jamás a otro animal. Todos los animales son iguales.

»Y ahora, camaradas, os contaré lo que soñé anoche. No puedo describiros el sueño. Soñé con cómo sería la Tierra cuando el Hombre hubiera desaparecido. Pero me recordó algo que había olvidado hace tiempo. Hace muchos años, cuando era un lechón, mi madre y las otras cerdas solían cantar una cancioncilla popular de la que solo conocían la melodía y las tres primeras palabras. De pequeño, yo también conocía esa tonada, pero se me había ido de la cabeza. No obstante, anoche volvió a mí en mi sueño. Y eso no es todo: también regresaron todas las palabras de la canción; palabras, estoy seguro, que cantaban los animales de antaño y que se habían perdido durante generaciones. Ahora os la cantaré, camaradas. Soy viejo y tengo la voz ronca, pero cuando os haya enseñado la melodía podréis cantarla mejor por vuestra cuenta. Se titula «Bestias de Inglaterra».

El viejo Comandante carraspeó y empezó a cantar. Tal como había dicho, tenía la voz ronca, pero cantaba bastante bien y la música era pegadiza, a medio camino entre «Clementine» y «La cucaracha». La letra decía así:

Bestias de Inglaterra, bestias de Irlanda,
bestias de cualquier tierra y clima,
atended a esta gozosa noticia
del dorado porvenir que se avecina.

Tarde o temprano llegará el día,
el Hombre tirano será derrotado
y los fértiles campos de Inglaterra
solo de animales estarán poblados.

Adiós a los aros en la nariz
y al arreo que nos oprime la espalda,
se oxidarán el bocado y la espuela,
fin al cruel látigo que ahora restalla.

Riquezas que ni imaginar podemos,
trigo y cebada, avena y heno,
tréboles, judías y remolacha
serán nuestros en aquel momento.

Brillarán los campos de Inglaterra,
más puras serán sus aguas,
más suave soplará la brisa
el día que la libertad nos traiga.

Por ese día nos esforzaremos,
aunque muramos antes de que nazca;
vacas y caballos, ocas y patos,
por la libertad daremos cuerpo y alma.

Bestias de Inglaterra, bestias de Irlanda,
bestias de cualquier tierra y clima,
atended bien y propagad la noticia
del dorado porvenir que se avecina.

La canción provocó una euforia desatada en los animales. Casi antes de que Comandante hubiera llegado a la estrofa final, ya habían empezado a cantarla por su cuenta. Incluso los más duros de mollera habían interiorizado la tonadilla y unas cuantas palabras. En cuanto a los más listos, como los cerdos y los perros, se aprendieron la canción entera de memoria en cuestión de minutos. Y entonces, después de unos cuantos intentos preliminares, toda la granja cantó «Bestias de Inglaterra» a un tremendo unísono. Las vacas la mugían, los perros la ladraban, las ovejas la balaban, los caballos la relinchaban, los patos la parpaban. Estaban tan encantados con la canción que la entonaron nada menos que cinco veces seguidas, y habrían continuado cantando toda la noche si no los hubieran interrumpido.

Por desgracia, el alboroto despertó al señor Jones, que saltó de la cama para comprobar si había algún zorro en el patio. Agarró la escopeta que siempre guardaba en un rincón de la habitación y disparó un cartucho del número 6 hacia la oscuridad. Los perdigones se clavaron en la pared del granero y la reunión se disolvió en un santiamén. Todos los animales huyeron a sus respectivos lugares de descanso. Las aves saltaron a las posaderas, los animales grandes se acomodaron en la paja y toda la granja se durmió al instante.

2

Tres noches más tarde, el viejo Comandante murió en paz mientras dormía. Enterraron su cuerpo al pie de un árbol frutal.

Estaban a principios de marzo. Durante los tres meses siguientes hubo un sinfín de actividad secreta. El discurso de Comandante había llevado a los animales más inteligentes de la granja a plantearse la vida desde un punto de vista completamente diferente. No sabían cuándo tendría lugar la Rebelión que había predicho Comandante y no tenían razones para pensar que vivirían para verla, pero tenían claro que estaban obligados a prepararse para ese momento. La tarea de enseñar y organizar a los demás recayó de forma natural en los cerdos, a quienes se consideraba los animales más listos del mundo. De entre esos puercos se destacaban dos machos jóvenes llamados Bola de Nieve y Napoleón, a quienes el señor Jones estaba criando para venderlos. Napoleón era un cerdo grande y de aspecto bastante feroz, el único de la raza Berkshire que había en la granja; no era muy locuaz, pero tenía fama de salirse con la suya. Bola de Nieve era más vivaracho que Napoleón, más rápido con las palabras y con mayor inventiva, pero en opinión de los demás no tenía tanto carácter como su compañero. Los demás cerdos machos de la granja eran normales y corrientes. El mejor de ellos era un cerdito gordo llamado Embaucador, de mejillas muy redondas, ojos relucientes, movimientos ágiles y voz estridente. Era un orador magnífico y, cuando debatía sobre algún punto complicado, su peculiar manera de pasar el peso de un lado a otro del cuerpo y de mover la cola resultaba muy convincente. Los demás decían que Embaucador era capaz de convertir lo blanco en negro.

Estos tres cerdos habían desarrollado las enseñanzas de Comandante y les habían dado forma de sistema de pensamiento complejo, al que pusieron el nombre de Animalismo. Varias noches por semana, cuando el señor Jones ya dormía, mantenían reuniones secretas en el granero y exponían los principios del Animalismo ante los demás. De entrada, se toparon con mucha estupidez y apatía. Algunos animales hablaban de una deuda de lealtad al señor Jones, a quien se referían como «amo», o hacían comentarios simplistas del tipo: «El señor Jones nos alimenta. Si desapareciera, nos moriríamos de hambre». Otros preguntaban cosas como «¿Por qué deberíamos preocuparnos por lo que pase cuando estemos muertos?» o «Si la Rebelión se va a producir de todos modos, ¿qué más da que nos esforcemos para hacerla posible o no?», y a los cerdos les costaba horrores hacerles ver que eso era lo contrario al espíritu del Animalismo. Las preguntas más tontas las formulaba Mollie, la yegua blanca. La primera pregunta que le hizo a Bola de Nieve fue:

—¿Seguirá habiendo azúcar después de la Rebelión?

—No —fue la firme respuesta de Bola de Nieve—. No disponemos de medios para fabricar azúcar en la granja. Y, además, no necesitas el azúcar. Tendrás toda la avena que quieras.

—¿Y me dejarán ponerme lazos en la crin? —preguntó Mollie.

—Camarada —le contestó Bola de Nieve—, esos lazos a los que tanto cariño tienes son la marca de la esclavitud. ¿No comprendes que la libertad vale mucho más que unos lazos?

Mollie le respondió que sí, pero no se la veía muy convencida.

A los cerdos les costó aún más desmentir las insidias de Moisés, el cuervo domesticado. Moisés, que era la adorada mascota del señor Jones, era un espía metomentodo, pero también un orador astuto. Afirmaba saber de la existencia de un país misterioso llamado Montaña de Caramelo, al que iban los animales cuando morían. Estaba situado en algún lugar del cielo, un poco por encima de las nubes, decía Moisés. En la Montaña de Caramelo era domingo los siete días de la semana, había tréboles todo el año y en los arbustos crecían terrones de azúcar y pastel de linaza. Los animales odiaban a Moisés porque fabulaba en exceso y no trabajaba nada, pero algunos de ellos creían en la Montaña de Caramelo y los cerdos tuvieron que echar mano de todos sus argumentos para convencerlos de que tal lugar era una invención.

Los discípulos más fieles de los puercos eran los dos caballos de tiro, Boxeador y Trébol. A ambos les costaba pensar por sí mismos, pero una vez que aceptaron a los cerdos como sus maestros, empezaron a asimilar todo cuanto les decían y se lo transmitían al resto de animales simplificando los argumentos. No se perdían ni una sola de las reuniones clandestinas en el granero y llevaban la voz cantante al entonar «Bestias de Inglaterra», con la que terminaban todos los mítines.

Al final, resultó que la Rebelión podía conseguirse mucho antes y mucho más rápido de lo que todos pensaban. En tiempos, el señor Jones, aun siendo un amo duro, había sido un granjero capacitado, pero de un tiempo a esa parte se las veía negras. Se había desmoralizado mucho tras perder dinero en un pleito, y ahora bebía más de lo recomendable. Se pasaba días enteros apoltronado en su silla de la cocina, leyendo la prensa, empinando el codo y, de vez en cuando, dándole a Moisés mendrugos de pan mojados en cerveza. Sus hombres eran holgazanes y taimados, los campos estaban llenos de hierbajos, los techos de los edificios requerían mantenimiento, los setos estaban olvidados y los animales malnutridos.

Llegó junio y el heno estaba casi listo para que lo segaran. La noche de San Juan, que cayó en sábado, el señor Jones fue al Red Lion, en Willingdon, y se emborrachó tanto que no regresó hasta el domingo al mediodía. Los hombres habían ordeñado las vacas a primera hora de la mañana y luego se habían ido a cazar conejos. Nadie se había molestado en dar de comer a los animales. Cuando el señor Jones regresó, fue directo a dormir al sofá de la sala de estar, con la cara tapada por el *News of the World*, de modo que, al caer la noche, los animales aún no habían probado bocado. Al final ya no pudieron soportarlo más. Una de las vacas rompió a la fuerza la puerta del cobertizo asestándole una cornada y todos los animales se sirvieron de los cubos de grano y fruta. Justo entonces fue cuando se despertó el señor Jones. Sus cuatro hombres y él se presentaron de inmediato en el cobertizo con látigos en la mano, que hacían restallar en todas las direcciones. Para los animales, aquella fue la gota que colmó el vaso. Todos a una, aunque no habían planeado nada de antemano, se abalanzaron sobre sus torturadores. De repente, Jones y sus hombres empezaron a recibir coces y golpes que les caían de todas partes. La situación se les fue de las manos. Nunca habían visto a los animales comportarse así, y el repentino levantamiento de las criaturas a las que estaban acostumbrados a golpear y maltratar a su antojo los asustó tanto que casi perdieron el juicio. Al cabo de un momento, desistieron de defenderse y pusieron pies en polvorosa. Un minuto después, los cinco corrían como almas que lleva el diablo por el camino de carros que llevaba a la carretera principal mientras los animales los perseguían con ánimo triunfal.

La señora Jones se asomó a la ventana del dormitorio, vio lo que ocurría, metió a toda prisa unas cuantas pertenencias en una bolsa de viaje y se escabulló de la granja por otro camino. Moisés saltó de su percha y se largó detrás de ella, entre aleteos y graznidos. Mientras tanto, los animales habían perseguido a Jones y sus hombres hasta la carretera y habían cerrado la puerta de cinco listones de la verja tras ellos. Así pues, y sin apenas ser conscientes de lo que ocurría, la Rebelión se llevó a cabo con éxito; habían expulsado a Jones y la Granja del Caserón les pertenecía.

Durante los primeros minutos, a los animales les costó creer la buena suerte que habían tenido. Su primer acto fue galopar en grupo por todo el perímetro de la granja, como si quisieran asegurarse de que no había ningún ser humano escondido; luego volvieron corriendo a los edificios para borrar hasta el último rastro del odiado reino de Jones. Saquearon el cuarto de los aperos que había al fondo de los establos; tiraron al pozo los bocados, los aros de la nariz, las cadenas de los perros y los crueles cuchillos que empleaba el señor Jones para castrar a los cerdos y las ovejas. Llevaron al patio

las riendas, las bridas, las orejeras y los degradantes morrales, y lo arrojaron todo a una hoguera de basura. Lo mismo hicieron con los látigos. Todos los animales saltaron de alegría al ver que los látigos eran pasto de las llamas. Bola de Nieve también arrojó a la hoguera los lazos con los que solían adornarse las crines y las colas de los caballos los días de mercado.

—Los lazos deberían considerarse prendas de ropa —dijo—, que son la marca del ser humano. Todos los animales deberían ir desnudos.

Cuando Boxeador lo oyó, cogió el sombrerito de paja que se ponía en verano para que no le entraran moscas en las orejas y lo arrojó a la hoguera con todo lo demás.

Al cabo de muy poco, los animales ya habían destruido todo lo que les recordaba al señor Jones. Napoleón los había llevado otra vez al cobertizo y había repartido una ración doble de grano para todos, con dos galletas para cada perro. Después cantaron «Bestias de Inglaterra» de principio a fin siete veces seguidas, y a continuación se prepararon para pasar la noche y durmieron como si llevasen siglos sin descansar.

Pero se despertaron al amanecer, como tenían por costumbre. Al recordar de repente el glorioso acontecimiento de la víspera, todos corrieron juntos a los pastos. En mitad del prado había una loma desde la que se veía la mayor parte de la granja. Los animales se apresuraron a subirse a la cima y otearon alrededor a la luz clara de la mañana. Sí, era suya: ¡todo lo que podían ver pertenecía a los animales! Sumidos en el éxtasis por ese pensamiento, se pusieron a brincar y retozar dando vueltas y vueltas, se alzaban dando saltos entusiastas. Rodaron por la hierba cubierta de rocío, arrancaron grandes bocados de dulces briznas estivales, levantaron con las pezuñas puñados de tierra negra y olfatearon su rico aroma. Hicieron una ronda de inspección por toda la granja y contemplaron con silenciosa admiración la tierra de cultivo, el campo de heno, el huerto de frutales, la balsa, el bosquecillo. Era como si no los hubieran visto nunca, e incluso en ese momento les costaba creer que todo aquello les perteneciese.

Entonces regresaron en grupo a los edificios de la granja y se detuvieron en silencio delante de la puerta de la casa de los antiguos amos. También les pertenecía, pero les daba miedo entrar. Sin embargo, Bola de Nieve y

Napoleón echaron la puerta abajo con los hombros y los animales entraron en fila india. Caminaban con sumo cuidado por miedo a estropear algo. De puntillas, fueron de habitación en habitación, hablando solo en susurros, y admiraron maravillados la increíble riqueza, las camas con sus colchones de plumas, los espejos, el sofá de pelo de caballo, la alfombra de Bruselas y la litografía de la reina Victoria sobre la repisa de la chimenea de la salita. Mientras bajaban las escaleras descubrieron que faltaba Mollie. Al volver sobre sus pasos, descubrieron que estaba rezagada en el dormitorio principal. Había cogido una cinta de raso azul del tocador de la señora Jones, se la había puesto sobre el hombro y se contemplaba en el espejo con una expresión ridícula. Los demás se lo recriminaron con dureza y luego salieron. Se llevaron algunos jamones que colgaban de la cocina para enterrarlos como era debido, y Boxeador destrozó a coces el barril de cerveza de la recocina. Aparte de eso, no tocaron nada de la casa. Allí mismo decidieron por unanimidad que el caserón se conservara como museo. Todos estuvieron de acuerdo en que ningún animal viviera allí jamás.

Los animales desayunaron y Bola de Nieve y Napoleón los convocaron otra vez.

—Camaradas —dijo Bola de Nieve—, son las seis y media y tenemos un día muy largo por delante. Hoy empezaremos a cosechar el heno. Pero antes debemos atender otra cuestión.

Entonces, los cerdos revelaron que durante los tres meses anteriores habían aprendido de forma autodidacta a leer y escribir con ayuda de un libro de caligrafía que había pertenecido a los hijos del señor Jones y que encontraron en el montón de basura. Napoleón mandó llevar botes de pintura blanca y negra y encabezó la marcha hacia la puerta de cinco listones que daba a la carretera. A continuación, Bola de Nieve (que era quien escribía mejor) borró las palabras GRANJA DEL CASERÓN del tablón superior de la puerta y en su lugar pintó GRANJA DE LOS ANIMALES. A partir de ese momento, aquel sería el nombre de la propiedad. Después regresaron a los edificios de la granja, donde Bola de Nieve y Napoleón mandaron llevar una escalera que apoyaron contra el muro del fondo del granero grande. Explicaron que, a partir de los estudios de los tres meses anteriores, los cerdos habían logrado reducir los principios del Animalismo a siete mandamientos. A continuación, escribirían dichos mandamientos en el muro; formarían una ley inquebrantable por la que se regirían para siempre jamás todos los animales de la Granja de los Animales. No sin dificultad (porque para los cerdos no es fácil mantener el equilibrio subidos a una escalera), Bola de Nieve se encaramó y comenzó la labor, mientras que Embaucador sujetaba el bote de pintura unos peldaños más abajo. Escribió los mandamientos en la pared alquitranada en inmensas letras blancas que se veían desde muy lejos. Decían así:

LOS SIETE MANDAMIENTOS

1. Todo el que vaya a dos patas es un enemigo.
2. Todo el que vaya a cuatro patas, o tenga alas, es un amigo.
3. Ningún animal se pondrá ropa.
4. Ningún animal dormirá en una cama.
5. Ningún animal beberá alcohol.
6. Ningún animal matará a otro animal.
7. Todos los animales son iguales.

Lo escribió con muy buena letra y, salvo porque en lugar de «amigo» ponía «amego» y una de las eses estaba al revés, lo cierto es que quedó muy pulcro de principio a fin. Bola de Nieve lo leyó en voz alta para que los demás supieran qué ponía. Todos los animales asintieron, totalmente de acuerdo, y los más listos empezaron de inmediato a aprenderse los mandamientos de memoria.

—¡Ahora, camaradas, al campo de heno! —exclamó Bola de Nieve, y arrojó el pincel al suelo—. Será una cuestión de honor que acabemos la cosecha más rápido de lo que lo habrían hecho Jones y sus hombres.

Pero en ese momento las tres vacas, que llevaban un buen rato con aspecto de estar incómodas, soltaron un mugido fortísimo. Llevaban veinticuatro horas sin que las ordeñaran y les iban a explotar las ubres. Después de pensarlo un poco, los cerdos mandaron que alguien fuera a buscar cubos y ordeñaron las vacas bastante bien, pues sus patas delanteras estaban bien adaptadas para la labor. Al cabo de poco, había cinco cubos de cremosa leche que muchos de los animales miraban con interés considerable.

—¿Qué va a pasar con toda esa leche? —preguntó alguien.

—A veces Jones la mezclaba con nuestro engrudo —dijo una de las gallinas.

—¡No penséis ahora en la leche, camaradas! —exclamó Napoleón, y se colocó delante de los cubos—. Ya lo decidiremos luego. La cosecha es más importante. El camarada Bola de Nieve os dirigirá. Yo me uniré a vosotros en unos minutos. ¡Adelante, camaradas! El heno espera.

Así pues, los animales trotaron hacia el campo de heno para empezar a cosechar y, cuando regresaron al atardecer, alguien se fijó en que la leche había desaparecido.

3

¡Cuánto se esforzaron y sudaron para recoger el heno! Pero sus esfuerzos se vieron recompensados, porque la cosecha fue todavía más fructífera de lo que esperaban.

Algunas veces el trabajo era duro; las herramientas de labranza no se habían diseñado para animales, sino para seres humanos, y les resultaba engorroso no poder emplear utensilio alguno que implicase erguirse sobre las patas traseras. Pero los cerdos eran tan listos que sabían darle la vuelta a todo y sortear cualquier escollo. En cuanto a los caballos, se conocían hasta el último rincón del campo y, en realidad, comprendían el funcionamiento del segado y el rastrillado mucho mejor que Jones y sus hombres. Los cerdos no daban palo al agua, pero dirigían y supervisaban a los demás. Con su conocimiento superior, era natural que asumieran el papel de líderes. Boxeador y Trébol se ponían los enganches ellos mismos y tiraban de la segadora o del arado (en aquellos tiempos, no hacían falta ni bocados ni riendas, por supuesto); infatigables, daban vueltas y vueltas por el campo mientras un cerdo caminaba tras ellos y gritaba: «¡Adelante, compañero!» o «¡So! ¡Media vuelta, camarada!», según el caso. Y todos los animales, hasta los más humildes, ayudaron a voltear el heno y recogerlo. Incluso los patos y las gallinas correteaban de aquí para allá todo el día al sol, transportando diminutas briznas de heno en el pico. Al final, terminaron la cosecha en dos días menos del tiempo que solían tardar en realizarla Jones y sus hombres. Y no solo eso: fue la cosecha más abundante que se había visto en la granja. No desperdiciaron absolutamente nada; las gallinas y los patos, con su magnífica vista, habían recogido hasta la última caña. Y ni un animal de la granja robó ni un bocado.

Durante todo aquel verano, las tareas de la granja funcionaron con la precisión de un reloj. Los animales estaban tan contentos que les parecía imposible. Cualquier bocado de alimento era un placer positivo e intenso, ahora que la comida era auténticamente suya, producida por ellos y para ellos mismos: ya no era una especie de limosna arrojada por un amo gruñón. Ahora que se habían deshecho de los seres humanos, esos inútiles parásitos, había más alimento para todos. También había más tiempo libre, aunque los animales fueran poco experimentados. Se toparon con muchas dificultades: por ejemplo, avanzado ese mismo año, cuando cosecharon el trigo, tuvieron que empacarlo a la antigua usanza y desprender la cáscara soplando, pues la granja no poseía ninguna máquina peladora, pero los cerdos con su inteligencia y Boxeador con sus tremendos músculos siempre los sacaban de los apuros. Todos admiraban a Boxeador. Incluso en tiempos de Jones, había sido un trabajador incansable, pero ahora parecía que tres caballos se hubieran unido en uno solo; había días en los que todas las labores de la granja parecían descansar sobre sus poderosos hombros. Del amanecer al ocaso, tiraba y empujaba, siempre a punto para las tareas más arduas. Había llegado a un acuerdo con uno de los gallos para que lo despertase por las mañanas media hora antes que a los demás, así se prestaba voluntario para trabajar donde más falta hiciera antes de que empezase la jornada laboral del resto. Su respuesta para cada problema, para cada contratiempo, era: «¡Trabajaré aún más!», algo que adoptó como lema personal.

Sin embargo, todos colaboraban según su capacidad. Las gallinas y los patos, por ejemplo, acumularon cinco fanegas de maíz de la cosecha gracias a los granos desperdigados que fueron recogiendo. Nadie robaba. Nadie se quejaba de su ración. Las peleas, los mordiscos y la envidia que habían acompañado a la vida en los viejos tiempos habían desaparecido casi por completo. Nadie (o casi nadie) se escaqueaba. Cierto era que a Mollie le costaba horrores despertarse por las mañanas, y era una artista consumada a la hora de dejar el trabajo antes de tiempo alegando que se le había metido una piedra en el casco. Y el comportamiento del gato también era algo peculiar. No tardaron en darse cuenta de que, cuando se lo requería para realizar alguna tarea, no había manera de encontrarlo. Desaparecía durante horas enteras y luego volvía a aparecer a la hora de comer, o por la noche, cuando habían dejado de trabajar, como si no hubiera pasado nada. Pero siempre ponía unas excusas tan excelentes y sabía ronronear con tanto afecto que era imposible no creer en sus buenas intenciones. El viejo Benjamín, el burro, parecía no haber cambiado nada desde la Rebelión. Hacía su labor del mismo modo obstinado y lento que en tiempos de Jones, sin escaquearse, pero también sin prestarse voluntario a hacer trabajo extra. Jamás emitía opinión alguna acerca de la Rebelión y sus consecuencias. Cuando le preguntaban si no estaba más contento ahora que se había ido Jones, se limitaba a decir: «Los burros vivimos muchos años. Ninguno de vosotros ha visto jamás un burro muerto», y los demás tenían que contentarse con esa respuesta tan críptica.

Los domingos no trabajaban. Desayunaban una hora más tarde que el resto de días y, después del desayuno, había una ceremonia que se celebraba todas las semanas sin excepción. Primero izaban la bandera. Bola de Nieve había encontrado un viejo mantel verde de la señora Jones en el cuarto de los aperos y le había pintado una pezuña y un cuerno de color blanco. La hacían subir por el poste de la casa de la granja todos los domingos por la mañana. La bandera era verde, les contó Bola de Nieve, para representar los campos verdes de Inglaterra, mientras que la pezuña y el cuerno significaban la futura República de los Animales, que se alzaría cuando hubieran derrocado para siempre a la raza humana. Después del izamiento de la bandera, todos los animales entraban en tropel en el granero grande para una asamblea general que se conocía como el Mitin. Allí se planificaba el trabajo de la semana siguiente y se planteaban y debatían las resoluciones. Siempre eran los cerdos quienes pronunciaban las resoluciones. Los otros

animales comprendían cómo votar, pero nunca eran capaces de proponer medidas por sí mismos. Bola de Nieve y Napoleón eran, con diferencia, los más activos en los debates. Aunque los demás animales se percataron de que nunca se ponían de acuerdo: ante cualquier sugerencia que hiciese uno de ellos, el otro se oponía sin falta; no fallaba. Incluso cuando aprobaron reservar el pequeño prado que había detrás del huerto de frutales como lugar de descanso para los animales que ya no estaban capacitados para trabajar (algo a lo que nadie podía poner objeciones), se entabló un acalorado debate sobre la edad de jubilación adecuada para cada tipo de animal. El Mitin siempre acababa con la canción de «Bestias de Inglaterra» y la tarde se dedicaba al ocio.

Los cerdos se habían adueñado del cuarto de los aperos y lo habían convertido en su cuartel general. Allí, por las noches, estudiaban herrería, carpintería y otras artes y oficios necesarios a partir de los libros que habían sacado de la casa. Bola de Nieve también se ocupaba de organizar a los demás animales en los denominados «Comités Animales». Lo hacía con una dedicación infatigable. Formó el Comité de Producción de Huevos para las gallinas, la Liga de Colas Limpias para las vacas, el Comité de Rehabilitación de Camaradas Salvajes (cuyo objetivo era domesticar a ratas y liebres), el Movimiento de Lana más Blanca para las ovejas, y otros muchos, además de ofrecer clases de lectura y escritura. En general, aquellos proyectos fueron un fracaso. El intento de domesticar a las criaturas silvestres, por ejemplo, se desestimó casi de inmediato. Su comportamiento era casi igual que siempre y, cuando las trataban con generosidad, simplemente se aprovechaban de la situación. El gato se unió al Comité de Rehabilitación y durante unos días se mostró muy activo. Un día lo vieron subido a un tejado hablando con unos gorriones a los que no podía dar alcance. Les contaba que ahora todos los animales eran camaradas y que cualquier gorrión que lo desease podía bajar y posarse en su pata; pero los gorriones se mantuvieron alejados.

En contraste, las clases de lectura y escritura fueron un gran éxito. Cuando llegó el otoño, casi todos los animales de la granja tenían algún grado de alfabetización.

En cuanto a los cerdos, sabían leer y escribir a la perfección. Los perros aprendieron a leer bastante bien, pero no les interesaba leer nada más que los Siete Mandamientos. Muriel, la cabra, leía un poco mejor que los perros y algunas noches les leía a los demás lo que ponía en los pedazos de hojas de periódico que encontraba en el montón de basura. Benjamín leía igual de bien que los cerdos, pero nunca ejercitaba sus capacidades. En su opinión, decía, no había nada que valiera la pena leer. Trébol aprendió todo el abecedario, pero no logró juntar palabras. Boxeador no pudo pasar de la letra D. Escribía A, B, C y D en la tierra polvorienta con su enorme casco y luego se quedaba mirando las letras con las orejas hacia atrás, a veces incluso sacudía el flequillo, esforzándose al máximo por recordar qué iba a continuación, pero sin conseguirlo jamás. De hecho, en diversas ocasiones sí aprendió E, F, G y H, pero cuando por fin las memorizaba, siempre descubría que había olvidado A, B, C, D. Al final, decidió contentarse con las primeras cuatro letras y se acostumbró a escribirlas un par de veces al día para refrescar la memoria. Mollie se negó a aprender nada más que las cinco letras que salían en su nombre. Las trazaba con gran pulcritud con distintas ramitas y luego las decoraba con una flor o dos, para después dar vueltas alrededor, admirada.

Ningún otro animal de la granja pudo pasar de la letra A. También quedó patente que los animales más cortos de entendederas, como las ovejas, las gallinas y los patos, eran incapaces de aprenderse de memoria los Siete Mandamientos. Después de mucho cavilar, Bola de Nieve declaró que los Siete Mandamientos podían reducirse en la práctica a una única máxima, a saber: «Cuatro patas bueno, dos patas malo». Según dijo, esas palabras contenían el principio esencial del Animalismo. Todo aquel que lograra asimilarlo estaría a salvo de la influencia humana. Al principio, los pájaros se quejaron, pues les parecía que ellos también tenían dos patas, pero Bola de Nieve les demostró que no era así.

—Camaradas, las alas de un ave —les dijo— son un órgano de propulsión y no de manipulación. Por lo tanto, deberían considerarse patas. La marca distintiva del Hombre es la mano, el instrumento con el que realiza todas sus maldades.

Las aves de corral no comprendían las largas palabrejas de Bola de Nieve, pero aceptaron su explicación, y todos los animales más humildes se esforzaron por aprender la nueva máxima de memoria. En el muro del fondo del granero escribieron CUATRO PATAS BUENO, DOS PATAS MALO justo encima de los Siete Mandamientos y en letras más grandes. Una vez que consiguieron aprendérselo, las ovejas le cogieron mucho cariño a la máxima y cada vez que se tumbaban en el campo empezaban a balar: «¡Cuatro patas bueno, dos patas malo! ¡Cuatro patas bueno, dos patas malo!». Y así seguían horas y horas, sin cansarse nunca de la letanía.

A Napoleón no le interesaban los comités de Bola de Nieve. Decía que la educación de los jóvenes era más importante que ninguna otra cosa que pudiera hacerse con quienes ya eran adultos. Resultó que tanto Jessie como Campanilla habían parido poco después de la cosecha del heno, y entre las dos habían alumbrado nueve fuertes cachorros. En cuanto los destetaron, Napoleón los separó de sus madres, alegando que él mismo se haría responsable de su educación. Los llevó a un altillo al que solo podía accederse con una escalera del cuarto de los aperos y allí los tuvo recluidos de tal modo que al cabo de poco el resto de la granja se olvidó de su existencia.

El misterio de adónde había ido a parar la leche ordeñada no tardó en resolverse. La mezclaban a diario con la comida de los cerdos. Las manzanas tempraneras habían empezado a madurar y la hierba del campo de frutales estaba abarrotada de manzanas caídas. Los animales habían dado por supuesto que se compartirían de manera equitativa; sin embargo, un día recibieron la orden de recoger todas las frutas del suelo y llevarlas al cuarto de los aperos para uso y disfrute de los cerdos. Al oírlo, algunos animales murmuraron, pero fue en vano. Todos los cerdos estaban de acuerdo en aquella medida, incluso Bola de Nieve y Napoleón. Enviaron a Embaucador a dar las explicaciones pertinentes a los demás animales.

—¡Camaradas! —exclamó—. Confío en que no penséis que los cerdos hacemos esto movidos por el egoísmo y el privilegio, ¿verdad? Lo cierto es que a muchos de nosotros nos desagradan la leche y las manzanas. Por ejemplo, a mí no me gustan. Nuestro único objetivo al llevarnos estas cosas es conservar la salud. La leche y las manzanas (lo ha demostrado la Ciencia, camaradas) contienen sustancias absolutamente necesarias para el bienestar de los puercos. Los cerdos ejercitamos el cerebro. Toda la gestión y la organización de la granja depende de nosotros. Día y noche velamos por vuestro bienestar. Si nos bebemos esa leche y nos comemos esas manzanas es por vuestro bien. ¿Sabéis qué sucedería si los cerdos no cumpliéramos con nuestra obligación? ¡Jones volvería! Sí, ¡Jones regresaría! Y estoy seguro, camaradas —insistió Embaucador casi como si suplicara, mientras deambulaba de un lado a otro y meneaba el rabo—, de que ninguno de vosotros querrá que Jones regrese, ¿verdad?

Y claro, si había algo de lo que los animales estuvieran convencidos era de que no querían la vuelta de Jones. Las objeciones se acabaron cuando el cerdo se lo planteó en esos términos. La importancia de mantener sanos a los cerdos quedó más que demostrada. Así pues, acordaron sin más quejas que la leche y las manzanas caídas (y también la mayor parte de las manzanas recolectadas cuando madurasen) deberían reservarse solo para los cerdos.

4

A finales de verano la noticia de lo ocurrido en la Granja de los Animales se había difundido por medio condado. Todos los días, Bola de Nieve y Napoleón mandaban bandadas de palomas con la instrucción de que se mezclaran con los animales de las granjas vecinas, les contaran la historia de la Rebelión y les enseñaran la melodía de «Bestias de Inglaterra».

El señor Jones había pasado la mayor parte de ese tiempo sentado en la taberna Red Lion de Willingdon, quejándose ante todo el que quisiera oírle de la monstruosa injusticia que había sufrido cuando aquella panda de animales inútiles lo había expulsado de su propiedad. Al principio, los otros granjeros le prestaron apoyo moral, pero en la práctica no lo ayudaron mucho. En el fondo, todos y cada uno de ellos se preguntaban si existía la manera de convertir la desgracia de Jones en algo ventajoso para ellos. Por suerte, los dueños de las dos granjas adyacentes a la Granja de los Animales siempre estaban zarpa a la greña. Una de las propiedades, que se llamaba Bosque de Zorros, era una granja extensa, descuidada y anticuada, de la que se había adueñado el bosque, con todos los pastos agotados y los setos en un estado lamentable. Su dueño, el señor Pilkington, era un granjero de alta alcurnia y carácter afable que se pasaba la mayor parte del tiempo pescando o cazando, según la temporada. La otra granja, que se llamaba Campo Apretado, era pequeña y estaba mejor cuidada. Su dueño era el señor Frederick, un hombre rudo y astuto, siempre implicado en pleitos y famoso por su afición a las gangas y los regateos. Ambos se tenían tanta tirria que les costaba ponerse de acuerdo en algo, aunque fuera en defensa de sus propios intereses.

Pese a todo, los dos se llevaron un susto tremendo al enterarse de la rebelión de la Granja de los Animales y estaban ansiosos por evitar que el ejemplo cundiera entre sus animales. Al principio, fingieron reírse con sorna de la idea de que unas bestias fueran capaces de autogestionar una granja. Eso no durará ni dos semanas, decían. Hicieron correr el rumor de que los animales de la Granja del Caserón (como insistían en llamarla, pues no toleraban el nombre de Granja de los Animales) se pasaban el día peleando entre sí y también empezaban a morirse de hambre. Cuando pasó el tiempo y saltó a la vista que los animales no se habían muerto de hambre, Frederick y Pilkington cambiaron la cantinela y empezaron a hablar de la terrible maldad que había aflorado en la Granja de los Animales. Se decía que aquellos animales practicaban el canibalismo, se torturaban unos a otros con herraduras al rojo vivo y compartían a las hembras. Eso era lo que sucedía cuando alguien se rebelaba contra las leyes de la Naturaleza, aseguraban Frederick y Pilkington.

Sin embargo, nadie se creyó ninguna de esas historias. Los rumores de una granja maravillosa, en la que los seres humanos habían sido eliminados y donde los animales gestionaban sus propios asuntos, circularon de manera difusa y distorsionada, y a lo largo de aquel año se produjo una oleada de levantamientos por toda la campiña. Los toros, que siempre habían sido tratables, de repente se volvieron salvajes, las ovejas rompieron las cercas y devoraron los tréboles, las vacas tiraron las lecheras a coces, los caballos de caza se negaron a quedarse en el redil y arrojaron a sus jinetes al otro lado de la valla. Y lo más importante, la letra de «Bestias de Inglaterra» se popularizó por todas partes. Se había extendido a una velocidad asombrosa. Los seres humanos no podían contener la rabia al oír esa canción, aunque fingían que les parecía sencillamente ridícula. Aseguraban ser incapaces de comprender cómo incluso los animales eran capaces de cantar unas mentiras tan descaradas. Si pillaban a algún animal entonándola, le daban un azote allí mismo. Y aun con todo, fue imposible reprimir la canción. Los mirlos la silbaban en los setos, las palomas la arrullaban en los olmos, se coló en el alboroto de las herrerías y en los tañidos de las campanas de la iglesia. Y cuando los seres humanos la escuchaban, en secreto temblaban, pues en ella oían la profecía de su futura debacle.

A principios de octubre, una vez segado y almacenado el maíz, cuando una parte ya estaba trillada, una bandada de palomas llegó volando en tumulto y aterrizó en el patio de la Granja de los Animales con una exaltación tremenda. Jones y todos sus hombres, con media docena más del Bosque de Zorros y el Campo Apretado, habían entrado por la puerta de cinco listones y ya subían por el camino de carros que conducía a la granja. Todos llevaban palos salvo Jones, que encabezaba el grupo con una escopeta en las manos. Por supuesto, acudían dispuestos a recuperar la granja.

Hacía tiempo que temían algo así y ya habían hecho todos los preparativos. Bola de Nieve, que había estudiado un libro antiguo sobre las campañas de Julio César que había encontrado en la casa, se encargó de las operaciones defensivas. Impartió las órdenes con presteza y en un par de minutos todos los animales estaban en sus puestos.

Conforme los seres humanos se acercaron a los edificios de la granja, Bola de Nieve lanzó su primer ataque. Todas las palomas, que sumaban treinta y cinco, revolotearon delante de las cabezas de los hombres y se les cagaron encima desde el aire; y mientras los hombres se limpiaban los excrementos, las ocas, que estaban escondidas detrás del seto, salieron a toda prisa y los picotearon con saña en las pantorrillas. Sin embargo, esa era solo una pequeña maniobra de distracción, pensada para generar cierta confusión, y los hombres no tardaron en deshacerse de las ocas a palos. En ese momento, Bola de Nieve lanzó la segunda línea de ataque. Muriel, Benjamín y todas las ovejas, con Bola de Nieve a la cabeza, se abalanzaron sobre los hombres, empujándolos y coceándolos desde todos los flancos; de vez en cuando, Benjamín se daba la vuelta para golpearlos con sus pequeños cascos. Pero, una vez más, los hombres, con sus palos y sus botas de puntera de

clavos, fueron más fuertes que ellos; y de repente, con un chillido de Bola de Nieve, que era la señal de retirada, todos los animales se volvieron y huyeron por la puerta para meterse en el patio.

Los hombres gritaron victoriosos. Como era de esperar, cuando los invasores vieron huir a sus enemigos salieron en tropel tras ellos. Eso era justo lo que había previsto Bola de Nieve. En cuanto tuvieron a los hombres dentro del patio, los tres caballos, las tres vacas y los demás cerdos, que se habían escondido en la vaqueriza, listos para una emboscada, surgieron de repente por detrás de los hombres y les taparon la salida. En ese momento, Bola de Nieve dio la señal de ir a la carga. Él mismo fue directo hacia Jones. Este, al verlo, levantó el arma y disparó. Los perdigones le dejaron hilillos de sangre en el lomo a Bola de Nieve y una oveja cayó muerta. Sin detenerse ni un instante, el cerdo arremetió con sus noventa kilos de peso contra las piernas de Jones, que acabó encastrado en una pila de estiércol. La escopeta salió volando. Pero el espectáculo más aterrador de todos lo ofreció Boxeador, que se levantó sobre los cuartos traseros y golpeó con los inmensos cascos con herraduras de acero igual que un semental. Su primer golpe acertó en la cabeza a un mozo de cuadra del Bosque de Zorros y lo dejó inerte en el barro. Al verlo, varios hombres soltaron los palos y trataron de huir a la carrera. El pánico se apoderó de ellos y al momento siguiente todos los animales a una los persiguieron por el patio, dando vueltas y más vueltas. Los acosaron, patearon, mordieron, pisaron. No hubo ni un solo animal en la granja que no se vengara de un modo u otro. Incluso el gato saltó de repente desde un tejado a los hombros de un vaquero y le hundió las zarpas en el cuello, ante lo cual el hombre chilló como un poseso. En un momento en que la puerta había quedado despejada, los hombres se escabulleron a toda prisa del patio y corrieron como el rayo hacia la carretera principal. Así pues, al cabo de cinco minutos de la invasión, se vieron en una ignominiosa retirada por el mismo camino por donde habían llegado, con una bandada de ocas graznando tras ellos y picoteándoles las pantorrillas hasta el final.

Todos los hombres se marcharon, salvo uno. En el patio, Boxeador daba golpecitos con el casco al mozo de cuadra que yacía bocabajo en el barro con intención de darle la vuelta. El chico no se movía.

—Está muerto —dijo Boxeador, apenado—. No era mi intención. Se me olvidó que llevaba las herraduras. ¿Quién creerá que no lo hice a propósito?

—¡Sin sensiblerías, camarada! —gritó Bola de Nieve, cuyas heridas de bala todavía sangraban—. La guerra es la guerra. El único ser humano bueno es el muerto.

—No deseo acabar con ninguna vida, ni siquiera con una vida humana —repitió Boxeador, con los ojos llenos de lágrimas.

—¿Dónde está Mollie? —preguntó alguien.

En efecto, Mollie había desaparecido. Por un momento, todos se alarmaron; temían que los hombres le hubieran hecho daño o incluso se la hubieran llevado presa. Sin embargo, al final descubrieron que estaba escondida en su establo con la cabeza enterrada en el heno del comedero. Había salido huyendo en cuanto se había disparado el arma. Y cuando los demás volvieron al patio después de buscarla por todas partes, descubrieron que el mozo de cuadra, que en realidad solo estaba conmocionado, ya se había recuperado y había puesto pies en polvorosa.

A continuación, los animales volvieron a reunirse presa de una exaltación salvaje. Cada uno de ellos contaba su participación en la batalla a voz en grito. De inmediato empezó una celebración improvisada de la victoria. Izaron la bandera y cantaron «Bestias de Inglaterra» unas cuantas veces, después dieron un funeral solemne a la oveja a la que habían matado y plantaron un espino blanco encima de su tumba. Durante el entierro, Bola de Nieve pronunció un breve discurso, e hizo énfasis en la necesidad de que todos los animales estuvieran preparados para morir por la Granja de los Animales si era preciso.

Estos decidieron de manera unánime crear una condecoración militar, Héroe Animal de primera clase, que otorgaron allí mismo a Bola de Nieve y a Boxeador. Consistía en una medalla de latón (habían encontrado unos adornos de latón con forma de caballo en el cuarto de los aperos), que lucirían los domingos y las fiestas de guardar. También crearon la mención de Héroe Animal de segunda clase, que le otorgaron de manera póstuma a la oveja muerta.

Discutieron mucho acerca de cómo denominar a la batalla. Al final la denominaron Batalla de la Vaqueriza, pues había sido allí donde había tenido lugar la emboscada. Encontraron la escopeta del señor Jones tirada en el barro y se supo que había una serie de cartuchos en la casa de la granja. Decidieron colocar la escopeta a los pies del asta de la bandera, como una pieza de artillería, y dispararla dos veces al año: una, el 12 de octubre, el aniversario de la Batalla de la Vaqueriza; y otra, el día del solsticio de verano, el aniversario de la Rebelión.

5

Conforme avanzaba el invierno, Mollie se volvió cada vez más conflictiva. Llegaba tarde a trabajar todas las mañanas y se disculpaba diciendo que se había quedado dormida, y se quejaba de unos dolores misteriosos, aunque tenía un apetito excelente. Cualquier excusa era buena para escabullirse del trabajo e ir a la balsa, donde se quedaba embobada mientras contemplaba su reflejo en el agua. Pero había rumores de algo más serio. Un día, mientras entraba alegremente en el patio, moviendo la cola coqueta y masticando una brizna de heno, Trébol decidió hablar con ella.

—Mollie —le dijo—, tengo que decirte una cosa muy seria. Esta mañana te he visto mirando por encima del seto que separa la Granja de los Animales del Bosque de Zorros. Uno de los hombres del señor Pilkington estaba al otro lado del seto. Y, yo estaba muy lejos, pero estoy casi segura de lo que vi, te estaba hablando y le dejaste que te acariciara el hocico. ¿Qué significa eso, Mollie?

—¡No lo ha hecho! ¡Y yo no estaba allí! ¡No es verdad! —exclamó Mollie, y empezó a cabriolar y patear el suelo.

—¡Mollie! Mírame a la cara. ¿Me das tu palabra de honor de que ese hombre no te estaba acariciando el morro?

—¡No es verdad! —repitió Mollie, pero no pudo mirar a Trébol a los ojos y al instante echó a galopar hacia el campo.

A Trébol se le ocurrió una cosa. Sin decirles nada a los demás, fue al cubículo de Mollie y removió la paja con el casco. Escondidos entre la paja había una pila de terrones de azúcar y varios adornos de lazo de distintos colores.

Tres días después, Mollie desapareció. Tardaron semanas en saber de su paradero y, entonces, las palomas informaron de que la habían visto en la otra punta de Willingdon. Estaba en el hueco de un elegante carruaje de dos ruedas pintado de rojo y blanco que había aparcado a la puerta de un pub. Un hombre gordo con la cara roja que llevaba unos pantalones de cuadros y polainas y que parecía el dueño del local, le acariciaba el hocico y le daba terrones de azúcar. Llevaba el pelaje recién cepillado y lucía un lazo escarlata en el flequillo. Parecía divertirse, según dijeron las palomas. Ninguno de los animales volvió a mencionar a Mollie.

En enero hizo un frío de mil demonios. La tierra estaba dura como el acero y no se podía hacer nada en los campos. Muchos mítines se celebraban en el granero grande y los cerdos se mantenían ocupados planificando el trabajo de la temporada siguiente. Habían llegado al consenso de que los cerdos, que eran manifiestamente más inteligentes que el resto de animales, decidieran todos los aspectos de la política de la granja, aunque sus decisiones eran ratificadas por el voto de la mayoría. Ese acuerdo habría funcionado bastante bien de no ser por las disputas entre Bola de Nieve y Napoleón. Ambos discutían sobre cualquier punto en el que era posible discrepar. Si uno de ellos proponía dedicar más terreno a sembrar cebada, el otro estaba seguro de que lo óptimo era sembrar más avena, y si uno de los dos decía que tal o tal campo era adecuado para las coles, el otro declaraba que no servía para nada salvo para los tubérculos. Cada uno de ellos tenía sus seguidores y se producían algunos debates violentos. En los mítines, Bola de Nieve solía ganarse a la mayoría con sus brillantes discursos, pero Napoleón era mejor a la hora de granjearse el apoyo de los animales en los entreactos. Tenía especial éxito entre las ovejas. Desde hacía un tiempo, las ovejas habían adoptado la costumbre de balar «Cuatro patas bueno, dos patas malo» tanto si venía a cuento como si no, y con frecuencia interrumpían el mitin con esa cantinela. Alguien se percató de que eran más propensas a soltar su «Cuatro patas bueno, dos patas malo» en momentos cruciales de los discursos de Bola de Nieve. Este había hecho un estudio preciso de los números atrasados de la revista *Farmer and Stockbreeder,* que había encontrado en la casa, y tenía infinidad de planes para innovar y mejorar el rendimiento. Hablaba con erudición sobre el drenaje del campo, el ensilaje y el abonado, y había creado un complicado esquema para que todos los animales depositaran sus excrementos directamente en el campo, en un lugar diferente cada día, para ahorrarse la tarea de abonar. Napoleón no propuso medidas propias, pero se apresuró a decir que Bola de Nieve intentaba venderles humo y que no hacía más que perder el tiempo. Pero de todas sus controversias, ninguna fue tan enconada como la relativa al molino de viento.

En el extenso campo de pastura, cerca de los edificios de la granja, había una loma que era el punto más alto de la propiedad. Tras supervisar el terreno, Bola de Nieve declaró que era el lugar perfecto para construir un molino de viento, con el que se podría poner en marcha una dinamo para proporcionar energía eléctrica a la granja. Así se iluminarían los establos y se calentarían en invierno, y también haría funcionar una sierra radial, una cortadora de paja, una laminadora de remolacha y una ordeñadora eléctrica. Los animales nunca habían oído hablar de esos artilugios (pues la granja era de las antiguas y solo tenía la maquinaria más primitiva) y escuchaban anonadados mientras Bola de Nieve describía imágenes de máquinas fantásticas que harían el trabajo en su lugar mientras ellos pacían a su antojo en los campos o ejercitaban la mente con la lectura y la conversación.

Al cabo de unas semanas, Bola de Nieve ultimó los planos para la construcción del molino. Los detalles mecánicos estaban extraídos en su mayoría de tres libros que habían pertenecido al señor Jones: *Mil cosas útiles que hacer en casa*, *Cualquiera puede ser albañil* y *Electricidad para principiantes.* Bola de Nieve empleó como estudio un cobertizo que en tiempos se había utilizado para las incubadoras y tenía el suelo de madera lisa, muy apropiado para dibujar encima. Allí se encerraba horas y horas. Con los libros abiertos con ayuda de una piedra y con una tiza agarrada entre las pezuñas de las patas delanteras, se movía sin cesar arriba y abajo, dibujando línea tras línea y emitiendo gruñiditos de emoción. Poco a poco, los planos se convirtieron en un complicado amasijo de manivelas y engranajes que cubrían más de la mitad del suelo, y que a los demás animales les resultaban ininteligibles pero muy impresionantes. Todos se acercaban a ver los dibujos de Bola de Nieve por lo menos una vez al día. Incluso las gallinas y los patos iban y se esforzaban por no pisar las marcas de tiza. Napoleón era el único que se mantenía al margen. Se había declarado en contra del molino desde el principio. No obstante, un día se presentó de improviso para examinar los planos. Se paseó por el cobertizo con paso contundente, observó con atención todos los detalles de los planos y los olfateó un par de veces, luego se quedó plantado un buen rato mirándolos de reojo; después, de repente, levantó la pata, orinó encima de los planos y salió sin pronunciar ni una palabra.

La granja entera estaba profundamente dividida con el asunto del molino de viento. Bola de Nieve no negó que construirlo sería una tarea ardua. Había que extraer la piedra y construir los muros con ella, luego habría que fabricar las aspas de tela y después habría que conseguir las dinamos y los cables. (Bola de Nieve no dijo cómo se procurarían tales cosas.) Pero insistió en que todo podría realizarse en un año. Y a partir de entonces, declaró, se ahorrarían tanto esfuerzo que los animales solo tendrían que trabajar tres días a la semana. Napoleón, por su parte, alegó que la necesidad más imperiosa del momento era aumentar la producción de alimentos, y que si perdían el tiempo con el molino todos se morirían de hambre. Los animales se dividieron en dos facciones, encabezadas por los eslóganes «Vota a Bola de Nieve y los tres días laborables» y «Vota a Napoleón y el comedero lleno». Benjamín fue el único animal que no se afilió a ninguna facción. Se negaba a creer que la comida pasase a ser abundante y que el molino de viento les ahorrase trabajo. Con molino o sin molino, decía, la vida seguiría como siempre, es decir, penosa.

Aparte de las disputas sobre el molino de viento, estaba la cuestión de la defensa de la granja. Todos se dieron cuenta de que, aunque habían derrotado a los seres humanos en la Batalla de la Vaqueriza, era posible que estos hicieran otro intento más contundente de recuperar la granja y restituir al señor Jones. Y tenían aún más motivos para hacerlo, pues las noticias de su derrota se habían diseminado por la campiña y habían envalentonado a los animales de las granjas vecinas. Como siempre, Bola de Nieve y Napoleón discrepaban. Según Napoleón, lo que debían hacer los animales era procurarse armas de fuego y aprender a usarlas. Según Bola de Nieve, debían mandar cada vez más palomas para alimentar la rebelión entre los animales de otras granjas. El uno alegaba que, si no podían defenderse, estaban condenados a que los conquistaran, y el otro alegaba que, si la revolución se extendía por todas partes, no tendrían necesidad de defenderse. Los animales escucharon primero a Napoleón, luego a Bola de Nieve, y al final no consiguieron decidir quién tenía razón; de hecho, resultó que siempre los convencía el que hablaba en ese momento.

Por fin, llegó el día en que los planos de Bola de Nieve estuvieron listos. En el mitin del domingo siguiente, sometieron a votación si había que empezar o no a construir el molino de viento. Una vez que los animales se hubieron reunido en el granero grande, Bola de Nieve se puso en pie y, aunque interrumpido de vez en cuando por los balidos de las ovejas, expuso sus razones para defender la construcción del molino. Entonces se levantó Napoleón para replicar. Dijo en voz baja que el molino era una solemne tontería y que recomendaba que nadie lo votara, y dicho esto, volvió a sentarse; había hablado durante apenas treinta segundos y parecía casi indiferente al efecto que había provocado. A continuación, Bola de Nieve se levantó de un brinco y mandó callar a gritos a las ovejas, que habían empezado a balar de nuevo, para apelar de un modo apasionado en favor del molino de viento. Hasta entonces, los animales habían apoyado casi por igual a uno y a otro, pero, en un abrir y cerrar de ojos, la elocuencia de Bola de Nieve se los ganó. Con frases pomposas pintó la imagen de la Granja de los Animales tal como podría ser cuando el peso del trabajo sórdido fuese aliviado de los lomos de los animales. Su imaginación había volado mucho más allá de las cortadoras de paja y las laminadoras de nabos. La electricidad, les dijo, podía hacer funcionar máquinas trilladoras, arados, rastras de discos, rodillos y cosechadoras y agavilladoras, además de proporcionar a todos los establos, cuadras y corrales su propia luz eléctrica, agua caliente y fría y un calefactor eléctrico. Cuando terminó de hablar, no había duda de a quién votarían. Pero justo en ese instante, Napoleón se levantó y, dedicando una peculiar mirada de soslayo a Bola de Nieve, emitió un gemido agudo de una clase que jamás le habían oído proferir.

A continuación, se oyó un aullido tremendo fuera y nueve enormes perros con collares tachonados de cobre irrumpieron en el granero. Fueron directos a Bola de Nieve, que logró saltar de donde estaba justo a tiempo de evitar sus afiladas fauces. En un instante salió por la puerta y los perros lo persiguieron. Demasiado abrumados y asustados para hablar, todos los animales se congregaron junto a la puerta para ver la persecución. Bola de Nieve corría por el prado más grande que daba a la carretera. Corría como solo puede correr un cerdo, pero los perros le pisaban los talones. De pronto, se resbaló y parecía que iban a darle alcance sin el menor asomo de duda. Entonces se levantó de nuevo y corrió más rápido que nunca, y luego los perros volvieron a acortar distancias. Uno de ellos estuvo a punto de hincarle las fauces en la cola, pero Bola de Nieve la apartó justo a tiempo. Entonces apretó todavía más el paso en un esfuerzo desesperado y, con la ventaja que consiguió, se escabulló por un agujero del seto y no lo vieron más.

En silencio y aterrorizados, los animales regresaron al granero. Al cabo de un momento, los perros volvieron en tropel. Al principio, nadie lograba imaginar de dónde habían salido aquellas criaturas, pero el enigma no tardó en resolverse: eran los cachorros que Napoleón les había arrebatado a sus madres para criarlos en privado. Si bien aún no habían crecido del todo, eran perros enormes y de aspecto tan feroz como los lobos. Se quedaron junto a Napoleón. Los animales se percataron de que movían la cola ante él igual que los otros perros solían moverla al ver al señor Jones.

Napoleón, con los nueve perros a la zaga, se subió entonces a la parte elevada con forma de tarima en la que Comandante se había alzado previamente cuando había dado su discurso. Anunció que, a partir de entonces, se daban por concluidos los mítines de los domingos por la mañana. Eran innecesarios, dijo, y una pérdida de tiempo. En el futuro, todas las cuestiones relativas al funcionamiento de la granja serían debatidas por un comité especial de cerdos, que él presidiría. Dicho comité se reuniría en

privado y después comunicaría sus decisiones a los demás. Los animales continuarían reuniéndose los domingos para saludar a la bandera, cantar «Bestias de Inglaterra» y recibir las órdenes para la semana; pero no habría más debates.

Pese a la conmoción generada por la expulsión de Bola de Nieve, los animales se quedaron desolados por ese anuncio. Algunos habrían protestado de haber encontrado los argumentos necesarios. Incluso Boxeador se sintió vagamente incómodo. Echó atrás las orejas, sacudió el flequillo varias veces y trató con todas sus de fuerzas ordenar sus pensamientos; pero al final no se le ocurrió qué decir. En contraste, algunos de los cerdos sí pudieron articular palabra. Cuatro jóvenes puercos de la primera fila chillaron con voz aguda para mostrar su desacuerdo, y los cuatro se pusieron de pie y empezaron a hablar a la vez. Pero, de repente, los perros que había sentados alrededor de Napoleón soltaron unos gruñidos graves y amenazadores, así que los cerdos se callaron y volvieron a sentarse. Entonces las ovejas entonaron su ensordecedor balido de «¡Cuatro patas bueno, dos patas malo!», que duró casi un cuarto de hora y puso fin a cualquier posible discusión.

Más tarde enviaron a Embaucador por toda la granja para que hablara de la nueva organización al resto.

—Camaradas —les dijo—, confío en que todos los animales sepáis apreciar el sacrificio que ha hecho el camarada Napoleón al hacerse cargo de esta labor adicional. ¡No creáis, camaradas, que liderar es un placer! Al contrario, es una responsabilidad pesada e importante. Nadie cree con más firmeza que el camarada Napoleón que todos los animales son iguales. Le encantaría poder dejar que tomarais las decisiones por vosotros mismos. Pero algunas veces serían decisiones equivocadas, camaradas, y entonces, ¿adónde nos llevarían? Suponed que hubierais decidido seguir a Bola de Nieve con sus fantasías de molinos de viento... Bola de Nieve, quien, tal como sabemos ahora, era poco menos que un criminal, ¿eh?

—Luchó con valor en la Batalla de la Vaqueriza —dijo alguien.

—El valor no basta —replicó Embaucador—. La lealtad y la obediencia son más importantes. Y en cuanto a la Batalla de la Vaqueriza, creo que llegará el día en que descubramos que la participación de Bola de Nieve se exageró mucho. ¡Disciplina, camaradas! ¡Disciplina férrea! Esa es la consigna de hoy. Un paso en falso y nuestros enemigos podrían echársenos encima. Y estoy seguro, camaradas, de que no querréis que Jones regrese, ¿verdad?

Una vez más, era imposible rebatir ese argumento. Sin duda, los animales no querían el regreso de Jones; si mantener debates los domingos por la mañana podía desencadenar su vuelta, entonces debían terminarse los debates. Boxeador, que había tenido tiempo de reflexionar, verbalizó el sentimiento general al decir:

—Si el camarada Napoleón lo dice, será verdad.

Y a partir de entonces adoptó la máxima «Napoleón siempre tiene razón» además de su lema personal «Trabajaré aún más».

Para entonces ya había cambiado el tiempo y había empezado la primavera, el momento de arar la tierra. El cobertizo donde Bola de Nieve había dibujado los planos del molino de viento estaba cerrado y todos dieron por supuesto que se habían borrado los planos del suelo. Todos los domingos a las diez en punto, los animales se congregaban en el granero grande, donde les impartían las órdenes para la semana. El cráneo del viejo Comandante, ahora limpio de carne y restos, había sido desenterrado del huerto de frutales y colocado en un tocón de árbol al pie del asta de la bandera, junto con la escopeta. Después de izar la bandera, a los animales se les pidió que pasasen en fila por delante del cráneo e hicieran una reverencia antes de entrar en el granero. A esas alturas ya no se sentaban todos juntos como habían hecho antaño. Napoleón, Embaucador y otro cerdo llamado Minimus, que tenía el admirable don de componer canciones y poemas, se sentaban en la parte delantera del estrado, con los nueve perros jóvenes formando un semicírculo a su alrededor, y los otros cerdos sentados detrás. Los demás animales se sentaban de cara a ellos en el suelo del granero. Napoleón leía las órdenes para la semana con un estilo bronco y militar y, después de cantar «Bestias de Inglaterra» una única vez, todos los animales se dispersaban.

Tres domingos después de la expulsión de Bola de Nieve, los animales se llevaron una relativa sorpresa cuando Napoleón anunció que al final sí se iba a construir el molino de viento. No explicó por qué había cambiado de opinión. En lugar de eso, se limitó a advertir a los animales de que esa tarea extra implicaría mucho esfuerzo; incluso cabía la posibilidad de que hubiera que reducir las raciones. En realidad, lo habían planificado todo ya, hasta el menor detalle. Un comité especial de cerdos había trabajado con los planos durante las tres semanas anteriores. Se esperaba que la construcción del molino de viento, junto con otra batería de mejoras, se prolongara durante dos años.

Esa noche, Embaucador explicó en privado a los demás animales que en el fondo Napoleón nunca se había opuesto al molino de viento. Al contrario, había sido él quien lo había defendido al principio, y los planos que Bola de Nieve había dibujado en el suelo del cobertizo de las incubadoras en realidad eran documentos de Napoleón que alguien le había robado. Es más, el molino de viento, en esencia, lo había creado el propio Napoleón. Entonces, ¿por qué se había opuesto a la idea de manera tan contundente?, preguntó alguien. En ese momento, Embaucador miró con suspicacia. Había sido una estratagema del camarada Napoleón, les confesó. Había fingido oponerse al molino de viento solo como maniobra para deshacerse de Bola de Nieve, que era un personaje peligroso y una mala influencia. Ahora que habían borrado del mapa a Bola de Nieve, el plan podía llevarse a cabo sin interferencias. Según les contó Embaucador, eso se llamaba «táctica». Repitió varias veces «¡Táctica, camaradas, táctica!» mientras daba saltitos y movía la cola entre alegres risas. Los animales no estaban seguros de qué significaba la palabra, pero Embaucador era tan convincente al hablar y los tres perros que lo acompañaban gruñían de un modo tan amenazador que aceptaron su explicación sin formular más preguntas.

6

Durante todo ese año, los animales trabajaron como esclavos. Pero estaban contentos con su labor; no se quejaban de ningún esfuerzo ni sacrificio, muy conscientes de que lo hacían por su propio bien y por el bien de todos los semejantes que los sucederían, y no por una panda de seres humanos holgazanes y ladrones.

A lo largo de la primavera y el verano trabajaron sesenta horas a la semana, y en agosto Napoleón anunció que tendrían que trabajar también los domingos por la tarde. Ese turno extra era totalmente voluntario, pero cualquier animal que se lo saltara vería su ración reducida a la mitad. A pesar de todos esos esfuerzos, no hubo más remedio que dejar ciertas tareas sin realizar. La cosecha fue un poco menos fructífera que el año anterior y en dos de los campos en los que deberían haber plantado tubérculos a principios de primavera no pudieron ponerlos porque no habían terminado de arar la tierra a tiempo. Era fácil prever que el invierno siguiente sería duro.

El molino de viento se topó con obstáculos inesperados. Había una buena cantera de piedra caliza en la granja y habían encontrado gran cantidad de grava y cemento en uno de los almacenes, de modo que los materiales de construcción estaban a su alcance. Pero el problema que los animales no pudieron solucionar en un primer momento fue cómo romper la piedra en bloques del tamaño adecuado. Parecía una labor imposible de realizar sin picos ni palancas, herramientas que ningún animal podía usar, pues ninguno de ellos era capaz de sostenerse a dos patas. Por fin, tras varias semanas de esfuerzos baldíos, a alguien se le ocurrió una idea estupenda: en concreto, utilizar la fuerza de la gravedad. Unas rocas enormes, extremadamente grandes como para utilizarse tal cual, cubrían todo el lecho de la cantera. Los animales les ataron cuerdas alrededor y luego, todos juntos, vacas, caballos, ovejas, cualquier animal que pudiera agarrar la cuerda (incluso los cerdos se unían a veces en los momentos críticos), arrastraron las piedrotas con desesperante lentitud colina arriba hasta la parte superior de la cantera, desde donde los dejaron caer pendiente abajo para que rompieran las demás piedras. Comparado con eso, transportar la piedra una vez partida fue fácil. Los caballos arrastraban carretas llenas, las ovejas arrastraban bloques de uno en uno, incluso Muriel y Benjamín se pusieron el yugo y lo engancharon a una carretilla de dos ruedas para poner su granito de arena. A finales de verano habían acumulado una reserva suficiente de piedras y entonces empezaron a construir bajo la supervisión de los cerdos.

Sin embargo, era un proceso lento y laborioso. Con frecuencia invertían un día entero de extenuante esfuerzo para arrastrar una única roca inmensa hasta la parte superior de la cantera, y otras veces, cuando la tiraban por el borde pendiente abajo, no lograba romper otras piedras. No habrían conseguido nada sin la ayuda de Boxeador, cuya fuerza parecía equiparable a la de todos los demás animales juntos. Cuando la roca se les resbalaba y los animales chillaban desesperados al ver que los arrastraba colina abajo, siempre era Boxeador quien agarraba la cuerda con todas sus fuerzas y detenía el pedrusco. Ver cómo subía la pendiente paso a paso, con la respiración acelerada, las puntas de las pezuñas hincadas en el suelo y los inmensos flancos moteados de sudor despertaba la admiración de todos. En ocasiones, Trébol le advertía que procurara no hacer sobreesfuerzos, pero Boxeador hacía oídos sordos. Sus dos lemas, «Trabajaré aún más» y «Napoleón siempre tiene razón», le parecían respuesta suficiente para todos los problemas. Había acordado con el gallo que lo despertase tres cuartos de hora antes por las mañanas en lugar de hacerlo media hora antes que al resto. Y en su tiempo libre, que de un tiempo a esa parte era bastante escaso, se iba en solitario a la cantera, cargaba un montón de piedra partida y la arrastraba hasta el emplazamiento del molino sin recibir ayuda de nadie.

Los animales no lo pasaron mal aquel verano, a pesar del arduo trabajo. Si su ración de alimento no era superior a la que tenían en tiempos de Jones, por lo menos no era inferior. La ventaja de tener que alimentarse únicamente ellos sin la obligación de proporcionar además comida a cinco estrafalarios seres humanos era tal que habrían hecho falta muchas derrotas para anularla. Y, en muchos aspectos, el método animal de hacer las cosas era más eficiente y ahorraba trabajo. Tareas como quitar las malas hierbas, por ejemplo, podían hacerse con una minuciosidad que a los seres humanos les resultaba imposible. Y de nuevo, como ningún animal robaba, no había necesidad de separar con vallas el pasto de la tierra labrada, lo cual ahorraba muchos esfuerzos de mantener setos, verjas y puertas. Pese a todo, conforme avanzó el verano se empezaron a hacer evidentes varias carencias imprevistas. Necesitaban aceite de parafina, clavos, cuerda, galletas para los perros y hierro para las herraduras de los caballos, y ninguna de esas cosas podía producirse en la granja. Más adelante también serían necesarias semillas y abono artificial, junto con varias herramientas y, por último, la maquinaria para el molino de viento. Nadie alcanzaba a imaginar cómo se procurarían todo eso.

Un domingo por la mañana, cuando los animales se reunieron para recibir las órdenes, Napoleón anunció que había decidido una nueva norma. A partir de ese momento, la Granja de los Animales establecería tratos con las granjas vecinas; por supuesto, no sería con fines comerciales, sino simplemente para obtener ciertos objetos de primerísima necesidad. Los componentes del molino de viento tenían prioridad absoluta, les dijo. Así pues, había previsto vender una pila de heno y una parte del trigo de la cosecha de ese año y, más adelante, si se necesitaba más dinero, habría que sumar a eso la venta de huevos, pues siempre tenían salida en el mercado de Willingdon. Las gallinas, dijo Napoleón, deberían recibir ese sacrificio como su contribución especial a la construcción del molino de viento.

Una vez más, los animales experimentaron una vaga incomodidad. No mezclarse nunca con los seres humanos, no establecer tratos comerciales, no utilizar jamás el dinero... ¿Acaso no eran algunas de las primeras resoluciones aprobadas en el primer mitin triunfal celebrado después de la expulsión de Jones? Todos los animales recordaban haber votado tales resoluciones; o, al menos, creían recordarlo. Los cuatro cerdos jóvenes que habían protestado cuando Napoleón abolió los mítines levantaron la voz tímidamente, pero un tremendo gruñido de los perros guardianes los silenció de inmediato. Entonces, como siempre, las ovejas entonaron su «¡Cuatro patas bueno, dos patas malo!» y la agitación momentánea se apaciguó. Al final, Napoleón levantó la pata delantera para pedir silencio y anunció que ya lo había dispuesto todo. No sería necesario que ninguno de los demás animales entrara en contacto con los seres humanos, algo que sin duda resultaría nefasto. La intención del puerco era cargar con todo ese peso sobre sus espaldas. Un tal señor Whymper, un abogado que vivía en Willingdon, había accedido a actuar de intermediario entre la Granja de los Animales y el mundo exterior, de modo que iría a la granja todos los lunes por la mañana a recibir indicaciones. Napoleón terminó el parlamento con su habitual grito de «¡Larga vida a la Granja de los Animales!» y, después de cantar «Bestias de Inglaterra», todos se dispersaron.

A continuación, Embaucador hizo una ronda por la granja y disipó las dudas de los animales. Les aseguró que la resolución contra el comercio y el uso del dinero nunca se había aprobado, ni siquiera se había propuesto. Era pura imaginación, fácil de achacar en un principio a las mentiras que contaba Bola de Nieve. Unos cuantos animales siguieron con dudas, pero Embaucador les lanzó una pregunta con su astucia habitual:

—¿Estáis seguros de que no lo habéis soñado, camaradas? ¿Tenéis alguna prueba de esa resolución? ¿Está escrita en alguna parte?

Y dado que era irrefutable que no había nada semejante por escrito, los animales quedaron satisfechos con la explicación de que se habían confundido.

Todos los lunes, el señor Whymper visitaba la granja tal como se había acordado. Era un hombre de aspecto taimado, con bigotillos, un abogado de un bufete modesto, pero lo bastante astuto como para haberse dado cuenta antes que nadie de que la Granja de los Animales necesitaría un intermediario y que las comisiones serían bastante suculentas. Los animales observaban sus idas y venidas con cierto pavor, y lo evitaban en la medida de lo posible. A pesar de todo, ver a Napoleón, a cuatro patas, dándole órdenes a Whymper, que se erguía sobre las dos piernas, alimentaba el orgullo de las bestias y en parte las reconciliaba con esos nuevos tratos. Sus relaciones con la raza humana no eran exactamente iguales que antes. No se podía decir que los seres humanos odiasen menos la Granja de los Animales ahora que prosperaba; al contrario, le tenían más inquina que nunca. Todos los seres humanos daban por sentado que la granja se iría a pique tarde o temprano y, sobre todo, que el molino de viento sería un fiasco. Quedaban en los pubs y se demostraban unos a otros con ayuda de croquis que el molino estaba condenado a derrumbarse, o que, si se aguantaba en pie, jamás funcionaría. Y sin embargo, en contra de su voluntad, comenzaban a manifestar cierto respeto por la eficacia con la que los animales gestionaban sus asuntos. Un síntoma de ese sentimiento era que habían empezado a llamar a la Granja de los Animales por su nombre y ya no fingían que se llamaba Granja del Caserón. También habían dejado de defender a Jones, quien había perdido la esperanza de recuperar la granja y se había marchado a vivir a otra parte del condado. Salvo con Whymper, de momento no existía ningún otro contacto entre la Granja de los Animales y el mundo exterior, pero había rumores constantes de que Napoleón iba a establecer un acuerdo empresarial definitivo, ya fuera con el señor Pilkington, del Bosque de Zorros, ya fuera con el señor Frederick, del Campo Apretado, pero jamás, comentaban todos, con ambos a la vez.

Fue más o menos en aquella época cuando los cerdos se mudaron de repente a la casa de la granja y la convirtieron en su residencia. Una vez más, los animales creyeron recordar que en la primera época habían aprobado una resolución que lo prohibía, y una vez más Embaucador logró convencerlos de que no era así. Era absolutamente necesario, les dijo, que los cerdos, que eran las cabezas pensantes de la granja, tuvieran un lugar tranquilo en el que trabajar. También era más apropiado para la dignidad de un Líder (pues desde hacía un tiempo se habían acostumbrado a hablar de Napoleón con el título de Líder) vivir en una casa que en una mera pocilga. A pesar de todo, algunos animales quedaron perplejos al enterarse de que los cerdos no solo comían en la cocina y utilizaban el salón y la sala de recreo, sino que además dormían en camas. Boxeador lo dejó pasar, como era habitual en él, con su lema de «¡Napoleón siempre tiene razón!», pero Trébol, que tenía la vaga sensación de recordar una norma tajante contra las camas, se acercó al fondo del granero e intentó descifrar los Siete Mandamientos que allí estaban escritos. Al verse incapaz de leer más que letras sueltas, fue a buscar a Muriel.

—Muriel, léeme el Cuarto Mandamiento. ¿No decía algo sobre no dormir jamás en una cama?

Con cierta dificultad, Muriel se lo leyó en voz alta.

—Dice: «Ningún animal dormirá en una cama con sábanas» —anunció al fin.

Qué curioso, Trébol no recordaba que el Cuarto Mandamiento mencionase las sábanas; pero si estaba escrito en la pared, debía de ser así. Y Embaucador, que por casualidad pasaba por allí en ese momento, acompañado por dos o tres perros, acertó a poner toda la cuestión en perspectiva.

—¿Qué ocurre, camaradas? —preguntó—. ¿Habéis oído que ahora nosotros, los cerdos, dormimos en las camas de la casa? Y ¿por qué no? ¿No pensaríais que había una regla en contra de las camas en sí? Una cama no es más que un lugar en el que dormir. Bien mirado, un montón de paja en un establo es una cama. La norma iba en contra de las sábanas, que son un invento humano. Hemos quitado las sábanas a las camas del caserón y dormimos entre mantas. ¡Y qué cómodas son las camas, por cierto! Pero esa comodidad no es excesiva, os lo aseguro, camaradas, teniendo en cuenta todo el esfuerzo mental que tenemos que realizar desde hace un tiempo. No querréis robarnos el descanso, ¿verdad, camaradas? ¿No querréis que estemos demasiado cansados para desempeñar nuestras obligaciones? Estoy seguro de que ninguno de vosotros querrá que Jones regrese, ¿verdad?

Los animales le dieron la razón en ese punto al instante y no se volvió a mencionar la nueva costumbre de los cerdos de dormir en las camas de la casa. Y cuando, unos días después, se anunció que a partir de entonces los cerdos se levantarían una hora más tarde que el resto de los animales, tampoco se quejó nadie.

Al llegar el otoño, los animales estaban cansados pero felices. Habían tenido un año duro, y después de la venta de parte del heno y del grano, las provisiones de alimento para el invierno distaban de ser copiosas, pero el molino de viento lo compensaba todo. Ya estaba casi a medio construir. Después de la cosecha hubo una temporada de tiempo seco y cielos despejados, y los animales se esforzaron más que nunca, pues pensaban que valía la pena cargar arriba y abajo todo el día con bloques de piedra si así podían levantar un palmo más los muros. Boxeador incluso salía por las noches y trabajaba una o dos horas por su cuenta a la luz de la luna de cosecha. En sus ratos libres, los animales daban vueltas y vueltas alrededor del molino medio terminado, admiraban la robustez y la perpendicularidad de sus paredes y se maravillaban de haber sido capaces de construir por sí mismos algo tan imponente. El viejo Benjamín era el único reacio a entusiasmarse con el molino de viento, aunque, como siempre, no decía nada más allá del críptico comentario sobre la longevidad de los burros.

Llegó noviembre, y con él unos furiosos vientos del sudoeste. Tuvieron que parar las obras porque el suelo estaba demasiado mojado como para mezclar el cemento. Al final, una noche el vendaval fue tan violento que los cimientos de los edificios de la granja temblaron y varias tejas cayeron del tejado del granero. Las gallinas se despertaron cacareando de terror porque todas habían soñado a la vez que se oía el disparo de un arma a lo lejos. Por la mañana, los animales salieron de sus cuadras y corrales y descubrieron que el asta de la bandera había quedado tumbada y un olmo que había al fondo del huerto de frutales había sido arrancado de raíz como un rábano. Acababan de percatarse de aquella desgracia cuando un grito de desesperación salió al unísono de la garganta de todos los animales. Una estampa terrible dañaba su vista. El molino de viento estaba en ruinas.

Todos a una fueron como el rayo hasta el lugar. Napoleón, que casi nunca apretaba el paso más que un paseo, corrió a la cabeza del grupo. Sí, ahí estaba, el fruto de todos sus sudores, derrumbado hasta los cimientos, las piedras que habían partido y transportado con tanto esfuerzo yacían desparramadas alrededor. Incapaces de hablar al principio, se quedaron mirando muy apenados el montón de piedras caídas. Napoleón caminaba de aquí para allá en silencio, y de vez en cuando olfateaba el suelo. Se le había puesto tieso el rabo y lo movía nervioso de un lado a otro, algo que en él indicaba una intensa actividad mental. De pronto, se detuvo como si hubiese tomado una decisión.

—Camaradas —dijo con voz pausada—, ¿sabéis quién es el responsable de esto? ¿Sabéis qué enemigo se ha colado por la noche para destrozar nuestro molino? ¡BOLA DE NIEVE! —bramó de pronto con voz de trueno—. ¡Bola de Nieve ha cometido esta atrocidad! Con mucha maldad, con intención de desbaratar nuestros planes y vengarse de su ignominiosa expulsión, este traidor se ha colado sin que lo viéramos por la noche y ha destruido el trabajo de casi un año. Camaradas, aquí y ahora sentencio a muerte a Bola de Nieve. Héroe Animal de segunda clase y media fanega de manzanas para aquel animal que lo lleve ante la justicia. ¡Una fanega entera para quien lo atrape vivo!

Los animales se quedaron estupefactos al enterarse de que un animal, aunque fuese Bola de Nieve, pudiera ser culpable de semejante acción. Se oyó un grito indignado y todos empezaron a pensar diferentes maneras de atrapar a Bola de Nieve si alguna vez se le ocurría regresar. Casi de inmediato se descubrieron las huellas de un cerdo en la hierba, a poca distancia de la loma. Apenas podían reseguirse una corta distancia, pero daban la impresión de conducir a un agujero en el seto. Napoleón las olfateó con mucha concentración y anunció que eran de Bola de Nieve. Expresó la opinión de que probablemente Bola de Nieve hubiera llegado desde la Granja del Bosque de Zorros.

—¡Basta de retrasos, camaradas! —exclamó Napoleón después de examinar las huellas—. Hay trabajo que hacer. Esta misma mañana empezaremos a reconstruir el molino y seguiremos con las obras todo el invierno, llueva o nieve. Le enseñaremos a ese miserable traidor que no puede echar por tierra nuestro trabajo con esa facilidad. Recordad, camaradas, nada tiene que alterar nuestros planes: debemos ejecutarlos cumpliendo la previsión de cada día. ¡Adelante, camaradas! ¡Larga vida al molino de viento! ¡Larga vida a la Granja de los Animales!

7

El invierno fue peliagudo. A las frecuentes tormentas siguieron la escarcha y la nieve y luego un duro hielo que no se rompió hasta bien entrado febrero. Los animales continuaron con la reconstrucción del molino lo mejor que pudieron, sabedores de que el mundo exterior tenía los ojos puestos en ellos y de que los envidiosos seres humanos se regocijarían y darían saltos de alegría si el molino no se terminaba a tiempo.

Por puro rencor, los seres humanos fingieron no creer que quien había destruido el molino de viento había sido Bola de Nieve: aseguraban que se había caído porque las paredes eran demasiado endebles. Los animales sabían que no era por eso. Aun con todo, decidieron que esta vez darían el doble de grosor a las paredes, lo que implicó hacer acopio de una cantidad de piedras mucho mayor. Durante una buena temporada, la cantera estuvo llena de bancos de nieve y no pudo hacerse nada. Realizaron algunos progresos durante los días fríos y secos que siguieron, pero era un trabajo desagradecido y los animales ya no albergaban la misma esperanza que la primera vez que se habían embarcado en la tarea. Siempre tenían frío y, con frecuencia, también tenían hambre. Boxeador y Trébol eran los únicos que no desfallecían. Embaucador daba unos discursos fabulosos sobre la alegría del servicio y la dignidad del trabajo, pero los otros animales encontraban más inspiradora la fortaleza de Boxeador y su infatigable grito de «¡Trabajaré aún más!».

En enero escaseó la comida. La ración de grano se redujo drásticamente y se anunció que a cambio se añadiría una ración extra de patatas para compensar. Luego se descubrió que la mayor parte de la cosecha de patatas se había congelado en el montículo en el que las habían conservado, porque no lo habían cubierto con tierra suficiente. Las patatas se habían puesto blandas y descoloridas, y solo unas pocas eran comestibles. Durante varios días seguidos, los animales no tuvieron otra comida que cascarillas de grano y remolacha forrajera. La hambruna parecía estar delante de sus narices.

Era de vital importancia ocultarle ese hecho al mundo exterior. Envalentonados por el derrumbe del molino de viento, los seres humanos habían inventado más mentiras sobre la Granja de los Animales. Una vez más se rumoreaba que muchísimos animales estaban muriendo de hambre o de enfermedades, y que no paraban de pelearse y habían recurrido al canibalismo y al infanticidio. Napoleón era muy consciente de las nefastas consecuencias que acarrearía dar a conocer la realidad sobre la situación alimentaria, así que decidió utilizar al señor Whymper para dar la impresión contraria. Hasta entonces, los animales habían tenido un contacto mínimo o nulo con Whymper durante sus visitas semanales: ahora, sin embargo, a unos cuantos animales escogidos, casi siempre ovejas, se los adoctrinaba para soltar comentarios espontáneos sobre el aumento de las raciones. Además, Napoleón ordenó que los cubos casi vacíos del cobertizo se llenaran de arena casi en su totalidad, y luego se cubría lo que quedaba con grano y harina. Con algún pretexto muy pensado, conducían a Whymper hasta el cobertizo y le permitían que echase un vistazo a los cubos. Así lo engañaban y seguía informando al mundo exterior de que la comida no escaseaba en la Granja de los Animales.

Pese a todo, hacia finales de enero ya no pudo ocultarse más que sería necesario procurarse una mayor cantidad de grano fuera como fuese. A esas alturas, Napoleón ya no se dejaba ver en público casi nunca. En lugar de ello, se pasaba casi todo el tiempo en el caserón, que estaba vigilado con perros feroces en cada puerta. Si salía de su refugio era de un modo ceremonial, con una escolta de seis perros que lo rodeaban en un círculo apretado y gruñían si alguien se acercaba demasiado. A menudo ni siquiera aparecía los domingos por la mañana, sino que transmitía sus órdenes a través de uno de los otros cerdos, generalmente Embaucador.

Un domingo por la mañana, Embaucador anunció que las gallinas, que acababan de entrar en el corral para poner más huevos, debían entregar todos los que pusieran. A través de Whymper, Napoleón había aceptado un contrato de cuatrocientos huevos a la semana. El precio de esa partida bastaría para pagar el grano y la harina que mantendrían la granja en funcionamiento hasta que llegara el verano y las condiciones mejorasen.

Cuando las gallinas se enteraron, pusieron el grito en el cielo. Ya les habían advertido que podría ser necesario ese sacrificio, pero no habían creído que llegara a materializarse. Justo estaban preparando sus nidadas para el clueco primaveral y protestaron: arrancarles entonces los huevos sería un asesinato. Por primera vez desde la expulsión de Jones, se produjo algo similar a una rebelión. Dirigidas por tres jóvenes gallinas menorquinas negras, todas ellas decidieron esforzarse por frustrar los planes de Napoleón. Su método era volar hasta los travesaños del techo y poner allí los huevos, que se desparramaban al caer al suelo. Napoleón actuó de forma rápida y contundente. Ordenó que dejaran de alimentar a las gallinas y decretó que cualquier animal que le diera un solo grano de maíz a un pollo sería condenado a muerte. Los perros se encargaron de hacer cumplir las medidas. Las gallinas aguantaron durante cinco días, pero luego capitularon y volvieron a sus nidos de puesta. Mientras tanto, murieron nueve gallinas. Enterraron sus cuerpos en el huerto de frutales y se dijo que habían muerto de coccidiosis. Whymper no se enteró de nada de todo ese asunto y los huevos se le entregaron según el acuerdo; un carruaje de la tienda de alimentación iba a la granja una vez por semana a recogerlos.

Durante todo ese tiempo no se había sabido nada más de Bola de Nieve. Se rumoreaba que estaba escondido en una de las granjas vecinas, o bien el Bosque de Zorros, o bien el Campo Apretado. A esas alturas, Napoleón se llevaba algo mejor con los otros granjeros. Resultaba que en el patio había un montón de leña que había apilado el granjero diez años antes, cuando habían clareado un pequeño hayedo. La leña estaba bien conservada y Whymper le aconsejó a Napoleón que la vendiera; tanto el señor Pilkington como el señor Frederick estaban ansiosos por comprarla. Napoleón no sabía a cuál de los dos vendérsela, era incapaz de decidirse. Alguien se percató de que, cada vez que parecía a punto de cerrar el trato con Frederick, se declaraba que Bola de Nieve estaba escondido en el Bosque de Zorros, mientras que cuando se inclinaba por Pilkington, corría el rumor de que Bola de Nieve estaba en el Campo Apretado.

De repente, a principios de primavera, se descubrió algo alarmante. ¡Bola de Nieve frecuentaba la granja por la noche! Los animales se quedaron tan estupefactos que les costaba dormir en sus cuadras y establos. Se decía que todas las noches entraba reptando, oculto en la oscuridad, y realizaba toda clase de maldades. Robaba el maíz, volcaba las lecheras, rompía los huevos, pisoteaba los semilleros, roía la corteza de los árboles frutales. Cada vez que algo salía mal, se tomó por costumbre culpar a Bola de Nieve. Si se rompía una ventana o se atascaba un desagüe, alguien aseguraba que Bola de Nieve había entrado por la noche y lo había hecho, y cuando se perdió la llave del cobertizo, toda la granja estaba convencida de que Bola de Nieve la había arrojado al pozo. Curiosamente, siguieron creyéndolo aun cuando se encontró la llave perdida bajo un saco de harina. Las vacas declararon de forma unánime que Bola de Nieve se metía en sus cuadras y las ordeñaba mientras dormían. Con arreglo a los rumores, las ratas, que habían dado problemas ese invierno, también estaban compinchadas con Bola de Nieve.

Napoleón decretó que se llevara a cabo una investigación exhaustiva sobre las actividades de Bola de Nieve. Con ayuda de sus perros, realizó una concienzuda ronda de inspección por los edificios de la granja, mientras los otros animales los seguían a una distancia prudencial. Cada pocos pasos, Napoleón se detenía y olfateaba la tierra en busca de rastros de huellas de Bola de Nieve, que, decía, podían detectarse por el olor. Olisqueó todos los rincones, en el granero, en la vaqueriza, en los gallineros, en el huerto de hortalizas, y encontró rastros de Bola de Nieve en casi todas partes.

Acercaba el morro al suelo, olfateaba varias veces y exclamaba con voz terrible:

—¡Bola de Nieve! ¡Ha estado aquí! ¡Lo huelo, no hay duda!

Y al oír el nombre de Bola de Nieve, todos los perros gruñían ávidos de sangre y enseñaban los colmillos.

Los animales estaban aterrados. Les parecía que Bola de Nieve era una especie de influencia invisible, que impregnaba el aire que respiraban y los amenazaba con toda clase de peligros. Por la noche, Embaucador los congregó y, con un gesto de alarma en el rostro, les contó que tenía una noticia terrible que darles.

—¡Camaradas! —chilló Embaucador, dando unos saltitos nerviosos—. Se ha efectuado un descubrimiento horroroso. Bola de Nieve se ha vendido a Frederick, de la Granja del Campo Apretado. ¡Y ahora mismo están planeando atacarnos y arrebatarnos la granja! Bola de Nieve será su guía cuando empiece el ataque. Pero la cosa no acaba ahí. Pensábamos que la rebelión de Bola de Nieve se debía únicamente a su vanidad y su ambición. Pero nos equivocábamos, camaradas. ¿Sabéis cuál era la auténtica razón? ¡Bola de Nieve se había aliado con Jones desde el principio! Sí, sí, siempre fue el agente secreto de Jones. Ha quedado demostrado gracias a unos documentos que dejó abandonados y que acabamos de descubrir. En mi opinión, esto explica muchas cosas, camaradas. ¿Acaso no vimos todos cómo intentó (por suerte, sin éxito) que nos derrotaran y destruyeran en la Batalla de la Vaqueriza?

Los animales se quedaron estupefactos. Esa villanía era mucho peor que la destrucción del molino de viento que había llevado a cabo Bola de Nieve. Pero tardaron unos minutos en asimilarlo de verdad. Todos recordaban, o creían recordar, que habían visto a Bola de Nieve a la cabeza del grupo en la Batalla de la Vaqueriza, que había contribuido y los había alentado en todo momento, y que no se había detenido ni un instante, ni siquiera cuando los perdigones de Jones le habían magullado el lomo. Al principio les costó entender cómo encajaban esos recuerdos con el hecho de que estuviera de parte de Jones. Incluso Boxeador, que casi nunca hacía preguntas, estaba descolocado. Se agachó, dobló las patas delanteras debajo del cuerpo, cerró los ojos y con gran esfuerzo logró articular sus pensamientos.

—No me lo creo —dijo—. Bola de Nieve luchó con valentía en la Batalla de la Vaqueriza. Lo vi con mis propios ojos. ¿O no le dimos la medalla de Héroe Animal de primera clase inmediatamente después?

—Cometimos un error, camarada. A partir de lo que sabemos ahora (y que estaba escrito en los documentos secretos que hemos descubierto), en realidad intentaba meternos en la boca del lobo.

—Pero lo hirieron —objetó Boxeador—. Todos lo vimos sangrando.

—¡Era parte de la estratagema! —chilló Embaucador—. El disparo de Jones apenas lo rozó. Podría mostráros lo de su puño y letra, si fueseis capaces de leer. El plan era que Bola de Nieve, en el momento crítico, diera la señal de huida y dejase el campo despejado para el enemigo. Y estuvo a punto de conseguirlo... Es más, camaradas, me atrevería a decir que lo habría logrado de no haber sido por nuestro heroico Líder, el camarada Napoleón. ¿No recordáis que, justo en el momento en el que Jones y sus hombres entraron en el patio, Bola de Nieve se dio la vuelta de pronto y huyó, y que muchos animales lo siguieron? Y ¿no recordáis también que fue justo en aquel momento, cuando cundió el pánico y todo parecía perdido, cuando el camarada Napoleón dio un salto al frente y gritó «¡Muerte a la Humanidad!» y le hincó los colmillos en la pierna a Jones? ¡No me digáis que no os acordáis, camaradas! —los interpeló Embaucador, brincando de aquí para allá.

Por supuesto, cuando Embaucador describió la escena de una manera tan gráfica, a los animales les pareció recordarla. En cualquier caso, sí recordaban que, en el momento crítico de la batalla, Bola de Nieve se había dado la vuelta para huir. Pero Boxeador seguía algo incómodo.

—No creo que Bola de Nieve fuese un traidor desde el principio —dijo por fin—. Lo que haya hecho desde entonces es diferente. Pero creo que en la Batalla de la Vaqueriza era un buen camarada.

—Nuestro Líder, el camarada Napoleón —anunció Embaucador, hablando despacio y con voz firme— ha afirmado categóricamente, insisto, categóricamente, camarada, que Bola de Nieve era espía de Jones desde el principio... Sí, y desde mucho antes de que naciera la idea de la Rebelión.

—¡Ah, eso es distinto! —dijo Boxeador—. Si lo dice el camarada Napoleón, debe de ser verdad.

—¡Ese es el verdadero espíritu, camarada! —exclamó Embaucador, pero los demás se percataron de que le había lanzado a Boxeador una extraña mirada con sus ojillos chispeantes. Se dio la vuelta para marcharse, pero entonces se detuvo y añadió, para zanjar el asunto—: Advierto a todos los animales de esta granja que mantengan los ojos muy abiertos. ¡Tenemos motivos para pensar que algunos de los agentes secretos de Bola de Nieve pululan entre nosotros ahora mismo!

Cuatro días después, a última hora de la tarde, Napoleón ordenó que todos los animales se reuniesen en el patio. Una vez congregados todos, Napoleón surgió de la casa luciendo sus dos medallas (porque acababa de otorgarse a sí mismo la de Héroe Animal de primera clase y la de Héroe Animal de segunda clase), con los nueve perrazos merodeando alrededor y soltando tales gruñidos que un escalofrío recorrió la columna de todos los animales. Todos ellos se acobardaron y se quedaron callados en su sitio, pues parecían saber de antemano que iba a suceder algo terrible.

Napoleón repasó con semblante serio a su público; después emitió un gemido agudo. De inmediato, los perros fueron a la carga y agarraron a cuatro de los cerdos por la oreja y los arrastraron, entre chillidos de dolor y miedo, hasta los pies de Napoleón. A los cerdos les sangraban las orejas y, al notar el sabor de la sangre, por unos instantes dio la impresión de que los perros se volvían locos. Para sorpresa de todos, tres de los canes se abalanzaron entonces sobre Boxeador. El caballo los vio venir y sacó su inmenso casco, golpeó a un perro en pleno salto y lo inmovilizó en el suelo. El perro gimió pidiendo clemencia y los otros dos huyeron con el rabo entre las piernas. Boxeador miró a Napoleón para saber si debía aplastar al perro y matarlo o liberarlo. Pareció que Napoleón cambiaba de cara y luego le ordenó con rudeza a Boxeador que soltara al perro, ante lo cual levantó el casco y el perro se escabulló, magullado y aullando.

En ese momento, el tumulto cesó. Los cuatro cerdos aguardaban, temblorosos, con la culpa escrita en todas las arrugas del rostro. Entonces Napoleón les exigió que confesaran sus delitos. Eran los mismos cuatro cerdos que habían protestado cuando Napoleón había abolido los mítines dominicales. Sin más dilación, confesaron que habían mantenido contacto con Bola de Nieve desde su expulsión, que habían colaborado con él para destruir el molino de viento y que habían acordado con él entregarle la Granja de los Animales al señor Frederick. Añadieron que Bola de Nieve había admitido en privado ante ellos que llevaba años siendo agente secreto de Jones. Una vez concluida la confesión, los perros les saltaron a la yugular y se la mordieron, y con voz terrible Napoleón exigió saber si algún otro animal tenía algo que confesar.

Las tres gallinas que habían sido las instigadoras del conato de rebelión por el asunto de los huevos dieron un paso al frente y aseguraron que Bola de Nieve se les había aparecido en sueños y las había incitado a desobedecer las órdenes de Napoleón. También a ellas las asesinaron. Luego se presentó una oca que confesó haber hurtado seis mazorcas de maíz durante la cosecha del año anterior y habérselas comido por la noche. Después, una oveja confesó que había orinado en la balsa de agua potable (animada a hacerlo por Bola de Nieve, según dijo) y otras dos ovejas confesaron haber matado a un viejo carnero, que era un seguidor especialmente devoto de Napoleón, persiguiéndolo alrededor de una hoguera cuando estaba resfriado. Los liquidaron a todos en el acto. Y así continuó la lista de confesiones y ejecuciones, hasta que quedó una pila de cadáveres ante los pies de Napoleón y el ambiente comenzó a impregnarse de un pesado olor a sangre que no se percibía en la granja desde la expulsión de Jones.

Cuando todo acabó, los animales restantes, salvo los cerdos y los perros, se marcharon en bloque sin hacer ruido. Estaban tristes y afectados. No sabían qué les había impactado más: si la traición de los animales que se habían aliado con Bola de Nieve o el cruel escarmiento que acababan de presenciar. En los viejos tiempos era frecuente ver escenas sangrientas igual de terribles, pero a todos les parecía mucho peor ahora que todo sucedía entre ellos. Desde que Jones había abandonado la granja, hasta ese día, ningún animal había matado a otro. Ni una mísera rata había sido asesinada. Abatidos, habían caminado hasta la pequeña loma donde se alzaba el molino de viento a medio construir y, todos de acuerdo, se habían tumbado como si buscaran calor en el grupo arracimado: Trébol, Muriel, Benjamín, las vacas, las ovejas y una bandada entera de ocas y gallinas.

En realidad, estaban todos menos el gato, que había desaparecido de pronto justo antes de que Napoleón hiciera el llamamiento a la asamblea de animales. Durante un rato no habló nadie. Boxeador era el único que seguía erguido. Deambulaba de aquí para allá, moviendo la larga cola negra de un lado a otro, contra los flancos, y soltando de vez en cuando un resoplido de sorpresa.

—No lo comprendo —dijo al fin—. No me cabe en la cabeza que semejantes cosas hayan pasado en nuestra granja. Debe de ser por algún defecto que tenemos. Tal como yo lo veo, la solución es trabajar más. A partir de ahora, me despertaré una hora entera antes por las mañanas.

Y se puso en marcha con su pesado trote, rumbo a la cantera. Al llegar allí, recogió dos montones sucesivos de piedras y los arrastró hasta el molino antes de retirarse para pasar la noche.

Los animales se apretujaron alrededor de Trébol, sin decir nada. La loma en la que se hallaban les daba una perspectiva amplia de la campiña. Tenían a la vista casi toda la Granja de los Animales: el prado alargado que se extendía hasta la carretera principal, el campo de heno, el bosquecillo, la balsa para beber, los campos arados donde el trigo joven estaba fuerte y verde, y los tejados rojos de los edificios de la granja con el humo que salía de las chimeneas haciendo volutas. Era una tarde despejada de primavera. La hierba y los setos crecidos tenían un tono dorado por los rayos bajos del sol. La granja (y con una especie de sorpresa recordaron que les pertenecía, hasta el último palmo era de su propiedad) jamás les había parecido un lugar más deseable a los animales. Mientras Trébol contemplaba la falda de la ladera, se le llenaron los ojos de lágrimas. Si la yegua hubiera podido expresar sus pensamientos, habría sido para decir que eso no era lo que buscaban cuando, años atrás, se habían propuesto trabajar para derrocar a la raza humana. Tales escenas de terror y matanzas no eran lo que deseaban conseguir aquella noche, cuando el viejo Comandante los había alentado a rebelarse. Si ella se hubiera imaginado el futuro de alguna manera, habría sido una sociedad de animales liberados del hambre y el látigo, todos iguales, cada uno de ellos trabajando con arreglo a su capacidad, los fuertes protegiendo a los débiles, igual que ella había protegido a la nidada huérfana de patitos

con su pata la noche del discurso del Comandante. En lugar de eso, y no sabía por qué, habían alcanzado un estadio en el que nadie se atrevía a decir lo que pensaba, en el que unos perros feroces merodeaban sin parar de gruñir y en el que uno se veía obligado a presenciar cómo despedazaban a sus camaradas después de que confesaran crímenes espeluznantes. No pensaba en la rebelión ni en la desobediencia, en absoluto. Sabía que, incluso tal como estaban las cosas, todo iba mucho mejor que en tiempos de Jones, y que por encima de todo era necesario impedir el regreso de los seres humanos. Ocurriera lo que ocurriese, continuaría siendo fiel, trabajaría mucho, acataría las órdenes que le dieran, aceptaría el liderazgo de Napoleón. Aun así, no era eso lo que tanto ella como los demás animales habían ansiado y esperado lograr. No era para eso para lo que habían construido el molino de viento y se habían enfrentado a la escopeta de Jones. Esos eran sus pensamientos, aunque carecía de las palabras para expresarlos.

Al final, con la sensación de que en cierto modo podía sustituir las palabras que era incapaz de encontrar, empezó a cantar «Bestias de Inglaterra». Los demás animales que había sentados a su alrededor se unieron al himno y lo cantaron tres veces seguidas, de forma muy melodiosa pero lenta y apenada, de un modo en que jamás lo habían entonado.

Justo acababan de cantarla por tercera vez cuando Embaucador, acompañado de dos perros, se acercó a ellos con aspecto de tener algo importante que comunicarles. Anunció que, por un decreto especial del camarada Napoleón, «Bestias de Inglaterra» había quedado abolida. A partir de ese momento, estaba prohibido cantarla.

Los animales se quedaron perplejos.

—¿Por qué? —preguntó Muriel.

—Ya no es necesaria, camarada —dijo Embaucador muy serio—. «Bestias de Inglaterra» era la canción de la Rebelión. Pero ahora la Rebelión se ha completado. La ejecución de los traidores de esta tarde ha sido el acto final. Tanto los enemigos externos como los internos han sido derrotados. En «Bestias de Inglaterra» expresábamos nuestro anhelo de alcanzar una sociedad mejor en el futuro. Pero esa sociedad ya se ha establecido. Salta a la vista que ese himno ya no tiene utilidad.

Pese al miedo que sentían, posiblemente algunos animales hubieran protestado, pero en ese momento las ovejas entonaron su característico balido de «Cuatro patas bueno, dos patas malo», que se prolongó varios minutos y puso fin a la discusión.

Así pues, no volvió a oírse «Bestias de Inglaterra». En su lugar, Minimus, el poeta, había compuesto una canción que decía:

¡Granja de los Animales, Granja de los Animales,
jamás te dañaré con mis acciones dispares!

Y a partir de entonces, la cantaban todos los domingos por la mañana después de izar la bandera. Pero, por alguna razón, a ojos de los animales, ni las palabras ni la melodía eran equiparables a «Bestias de Inglaterra».

8

Unos días más tarde, cuando el terror causado por las ejecuciones se había apaciguado, algunos de los animales recordaron (o creyeron recordar) que el Sexto Mandamiento decretaba: «Ningún animal matará a otro animal». Y aunque nadie se atrevía a mencionarlo cuando los cerdos o los perros pudieran oírlo, tenían la impresión de que los asesinatos que habían tenido lugar no casaban con esa norma. Trébol le pidió a Benjamín que le leyera el Sexto Mandamiento, y cuando Benjamín, como siempre, dijo que se negaba a inmiscuirse en esos asuntos, fue a buscar a Muriel. Esta le leyó el Mandamiento. Decía: «Ningún animal matará a otro animal sin causa justificada». Sin saber por qué, las últimas tres palabras de ese Mandamiento no habían quedado grabadas en la memoria de los animales. Pero entonces comprobaron que no se había incumplido el Mandamiento; pues estaba claro que había buenos motivos para matar a los traidores que se habían aliado con Bola de Nieve.

A lo largo de aquel año, los animales trabajaron todavía con más ahínco que el año anterior. Reconstruir el molino de viento, con muros el doble de gruesos que antes, y terminarlo en la fecha acordada, junto con el trabajo habitual de la granja, era una labor tremenda. Había veces en las que los animales tenían la impresión de haber trabajado más horas y a cambio de menos comida que en los tiempos de Jones. Los domingos por la mañana, Embaucador sujetaba una tira de papel muy larga con las patas delanteras y les leía listas de números que demostraban que la producción de toda clase de alimentos había aumentado en un doscientos por cien, un trescientos por cien o incluso un quinientos por cien, según el caso. Los animales no veían motivos para no creerlo, sobre todo porque no recordaban con claridad cuáles habían sido las condiciones previas a la Rebelión. De todas formas, algunos días tenían la sensación de que habrían preferido menos números y más comida.

Por aquel entonces, todas las órdenes se transmitían a través de Embaucador o de algún otro cerdo. Napoleón solo se dejaba ver en público una vez cada dos semanas. Cuando sí se presentaba, no solo iba acompañado de su séquito de perros sino también de un gallo negro que marchaba delante de él y que hacía las veces de corneta, pues soltaba un sonoro «quiquiriquíííí» antes de que hablara Napoleón. Se rumoreaba que, incluso dentro de la casa, Napoleón ocupaba dependencias separadas del resto. Tomaba las comidas en solitario, con dos perros de sirvientes, y siempre comía en la lujosa vajilla de Crown Derby que había guardada en la vitrina de cristal de la sala de estar. Asimismo, se anunció que dispararían la escopeta el día del cumpleaños de Napoleón, además de hacerlo en las otras dos fechas señaladas.

Ya no se hablaba de Napoleón simplemente como «Napoleón». Siempre se referían a él con formalidades como «nuestro Líder, camarada Napoleón», y a los cerdos les encantaba inventarse títulos para él del estilo de Padre de Todos los Animales, Terror de la Humanidad, Protector del Rebaño, Amigo de los Polluelos y similar. En sus discursos, y con lágrimas cayéndole por las mejillas, Embaucador hablaba de la sabiduría de Napoleón, de la bondad de su corazón y del profundo amor que sentía por los animales de todo el mundo, incluso, y especialmente, por los desdichados animales que todavía vivían en la ignorancia y la esclavitud en otras granjas. Se había convertido en costumbre el atribuir a Napoleón todos los logros, los éxitos y los golpes de buena suerte. Era frecuente oír que una gallina le decía a otra:

«Gracias a la guía de nuestro Líder, el camarada Napoleón, he puesto cinco huevos en seis días»; o que dos vacas, mientras disfrutaban de un buen trago de agua de la balsa, exclamaban: «¡Qué excelente sabe el agua gracias al liderazgo del camarada Napoleón!». El sentimiento general de la granja quedó reflejado en un poema titulado «Camarada Napoleón», que compuso Minimus y que decía así:

¡Amigo de los huérfanos!
¡Fuente de felicidad!
¡Señor de la bazofia! ¡Ay, mi corazón
se enciende al contemplar
tu ojo severo y tranquilo,
como en el cielo el sol,
camarada Napoleón!

Eres el dador de
todo lo que aman tus criaturas,
tripa llena dos veces al día, paja como jergón;
toda bestia grande o pequeña
duerme plácida en su lecho,
¡tú nos vigilas con tesón,
camarada Napoleón!

Si yo tuviera un lechón,
antes de que alcanzara el tamaño
de un rodillo o un cucharón,
habría aprendido a ser
fiel y obediente a ti, y su
primer chillido sería, señor,
«¡Camarada Napoleón!»

Napoleón dio el visto bueno al poema e hizo que lo grabaran en la pared del granero grande, en el extremo opuesto de los Siete Mandamientos. Encima colocaron un retrato de Napoleón, de perfil, realizado por Embaucador con pintura blanca.

Mientras tanto, con la mediación de Whymper, Napoleón se enfrascó en complicadas negociaciones con Frederick y Pilkington. La pila de leña seguía sin vender. De los dos, Frederick era el que estaba más ansioso por echarle el guante, pero no ofrecía un precio razonable. Al mismo tiempo, se habían avivado los rumores de que Frederick y sus hombres planeaban atacar la Granja de los Animales y destruir el molino de viento, cuya construcción había despertado una envidia iracunda en él. Se sabía que Bola de Nieve continuaba agazapado en la Granja del Campo Apretado. En mitad del verano, los animales se alarmaron al enterarse de que tres gallinas habían confesado que, inspiradas por Bola de Nieve, habían participado en un complot para asesinar a Napoleón. Las ejecutaron de inmediato y se adoptaron nuevas precauciones para garantizar la seguridad de Napoleón. Cuatro perros vigilaban su cama por las noches, uno en cada esquina, y a un cerdo joven llamado Ojo Rojo le adjudicaron la tarea de probar toda la comida antes de que la tomara Napoleón, por si estaba envenenada.

Más o menos por esas fechas, se descubrió que Napoleón había acordado venderle el montón de leña al señor Pilkington; también iban a establecer acuerdos habituales para intercambiar ciertos productos entre la Granja de los Animales y el Bosque de Zorros. Las relaciones entre Napoleón y Pilkington, aunque solo se llevaban a cabo a través de Whymper, eran casi cordiales. Los animales desconfiaban de Pilkington por tratarse de un ser humano, pero lo preferían mil veces a Frederick, a quien temían y odiaban a partes iguales. Conforme avanzaba el verano y la construcción del molino tocaba a su fin, arreciaron los rumores de un inminente ataque a traición. Se decía que Frederick estaba resuelto a mandar a veinte hombres contra ellos, todos armados con escopetas, y que ya había sobornado a los jueces y a la policía, de modo que, si lograba hacerse alguna vez con los títulos de propiedad de la Granja de los Animales, nadie hiciera preguntas. Además, se filtraron historias terribles procedentes del Campo Apretado acerca de las crueldades que Frederick infligía a sus animales. Había azotado hasta la muerte a un caballo, dejaba morir de hambre a las vacas, había matado a un perro arrojándolo a la fragua, se divertía por las noches haciendo que los gallos pelearan con cuchillas atadas a los espolones. A los animales les hervía la sangre de rabia cuando se enteraban de que les hacían esas cosas a sus camaradas, y a veces suplicaban que los dejaran salir en bloque y atacar la Granja del Campo Apretado, para expulsar a los humanos y liberar a los animales. Pero Embaucador les aconsejó que evitaran las acciones drásticas y confiaran en la estrategia del camarada Napoleón.

A pesar de todo, la animadversión hacia Frederick siguió siendo alta. Un domingo por la mañana, Napoleón apareció en el granero y les aclaró que jamás había contemplado siquiera la posibilidad de venderle la leña a Frederick; creía que era indigno de él, según dijo, mantener tratos con semejante calaña. A las palomas que todavía enviaban para propagar las noticias de la Rebelión se les prohibió que se acercaran al Bosque de Zorros, y también les ordenaron que abandonaran el antiguo lema de «Muerte a la Humanidad» y en su lugar dijeran «Muerte a Frederick». A finales de verano salió a la luz aún otra maquinación de Bola de Nieve. La cosecha de trigo estaba llena de hierbajos y se descubrió que, en una de sus incursiones nocturnas, Bola de Nieve había mezclado semillas de malas hierbas con las semillas de trigo. Una oca que estaba al tanto del complot había confesado su culpa ante Embaucador y se había suicidado justo después comiendo semillas de belladona venenosas. Además, los animales se enteraron de que en realidad Bola de Nieve jamás había recibido (como muchos de ellos habían creído hasta entonces) la condecoración de Héroe Animal de primera clase. No era más que una leyenda que había propagado el propio Bola de Nieve poco después de la Batalla de la Vaqueriza. Lejos de haber sido condecorado, lo habían censurado por la manifiesta cobardía mostrada en la batalla. De nuevo, algunos animales se quedaron perplejos al oírlo, pero Embaucador no tardó en convencerlos de que les fallaba la memoria.

En otoño, con un tremendo esfuerzo que los llevó hasta la extenuación (pues casi al mismo tiempo debían recoger la cosecha), terminaron el molino de viento. Todavía era preciso instalar la maquinaria y Whymper estaba negociando su compra, pero la estructura se había completado. Pese a todas las dificultades, a la inexperiencia, a las rudimentarias herramientas y a la mala suerte, ¡habían terminado la labor, puntuales como un reloj! Agotados pero orgullosos, los animales se pusieron a dar vueltas y más vueltas alrededor de su obra maestra, que parecía más hermosa a sus ojos que cuando la habían erigido la primera vez. Y para colmo, las paredes eran el doble de gruesas que antes. ¡Ahora harían falta explosivos para derrumbarlas! Y cuando pensaban en cuánto habían trabajado, los escollos que habían superado y la enorme diferencia que marcaría en sus vidas el hecho de que las aspas del molino girasen y las dinamos estuvieran en funcionamiento... Cuando pensaban en todo eso, los abandonaba el cansancio y daban vueltas y vueltas al molino de viento, dando gritos victoriosos. El propio Napoleón, acompañado de sus perros y de su gallo, bajó a inspeccionar la obra terminada; felicitó en persona a los animales por sus logros y anunció que el molino se llamaría Molino Napoleón.

Dos días después, congregaron a los animales para una asamblea especial en el granero. Se quedaron de piedra cuando Napoleón anunció que le había vendido el montón de leña a Frederick. Al día siguiente, llegarían las carretas de Frederick para empezar a cargar los leños. Durante todo el periodo en el que había parecido entablar amistad con Pilkington, en realidad Napoleón había llegado a un acuerdo secreto con Frederick.

Habían roto todas las relaciones con el Bosque de Zorros; le habían enviado mensajes insultantes a Pilkington. Habían ordenado a las palomas que evitaran el Campo Apretado y sustituyesen el lema de «Muerte a Frederick» por el de «Muerte a Pilkington». Al mismo tiempo, Napoleón aseguró a los animales que las historias sobre el inminente ataque a la Granja de los Animales eran completamente falsas y que los cuentos sobre la crueldad de Frederick hacia sus propios animales se habían exagerado muchísimo. Lo más probable era que todos aquellos rumores los hubieran diseminado Bola de Nieve y sus agentes. Por lo visto, ahora resultaba que Bola de Nieve no estaba escondido en la Granja del Campo Apretado; es más, no lo había estado nunca: vivía (con grandes lujos, según se decía) en el Bosque de Zorros, y en realidad hacía años que Pilkington lo mantenía.

Los cerdos se exaltaron ante la astucia de Napoleón. Al fingir que trataba con Pilkington, había obligado a Frederick a subir el precio a doce libras. Y eso no era todo: la superioridad de la mente de Napoleón, dijo Embaucador, había quedado demostrada en el hecho de que no confiara en nadie, ni siquiera en Frederick. Este había querido pagar la leña con algo llamado cheque, que parecía un trozo de papel con una promesa de pago escrita encima. Pero Napoleón era más listo que él. Había exigido el pago en billetes de cinco libras, que el granjero tendría que darle antes de poder llevarse la leña. Frederick ya había pagado el importe; y la cantidad que había entregado bastaría para pagar la maquinaria del molino de viento.

Mientras tanto, las carretas se llevaban la leña a toda velocidad. Cuando ya no quedó nada, celebraron otra reunión extraordinaria en el granero para que los animales inspeccionaran los billetes de Frederick. Con una sonrisa beatífica y luciendo ambas condecoraciones, Napoleón se reclinó en un lecho de paja en el estrado, con el dinero a un lado, pulcramente apilado en un plato de cerámica de la cocina del caserón. Los animales se pusieron en fila poco a poco y cada uno de ellos contempló el botín. Boxeador acercó el hocico para olisquear los billetes y esas endebles cosas blancas se movieron y ondularon con su aliento.

Tres días más tarde se produjo un terrible escándalo. Con la cara pálida como un cadáver, Whymper subió el camino a la carrera montado en la bicicleta, la arrojó al suelo del patio y entró sin miramientos en la casa. Al momento siguiente se oyó un rugido de rabia desgarrador en las dependencias de Napoleón. Las noticias de lo ocurrido se extendieron como un reguero de pólvora. ¡Los billetes eran falsos! ¡Frederick se había llevado la leña gratis!

Napoleón convocó a los animales de inmediato y, con voz terrible, dictó la sentencia de muerte de Frederick. Cuando lo capturasen, dijo, tenían que meter a Frederick en agua hirviendo. Al mismo tiempo, les advirtió que, después de tamaña traición, cabía esperar lo peor. Frederick y sus hombres podían realizar su tan temido ataque en cualquier momento. Se colocaron centinelas en todos los puntos de acceso a la granja. Además, enviaron a cuatro palomas al Bosque de Zorros con un mensaje conciliador, que confiaban que sirviera para restablecer las buenas relaciones con Pilkington.

Justo a la mañana siguiente se produjo el ataque. Los animales estaban desayunando cuando los vigías llegaron corriendo con la noticia de que Frederick y sus seguidores ya habían traspasado la puerta de cinco listones. Con muchas agallas, los animales salieron a su encuentro, pero esta vez no obtuvieron la sencilla victoria que habían logrado en la Batalla de la Vaqueriza. Había quince hombres, con media docena de escopetas entre todos, y abrieron fuego en cuanto los tuvieron a tiro. Los animales no pudieron hacer frente a las terribles explosiones y los agresivos perdigones, y, pese a los esfuerzos de Napoleón y Boxeador por agruparlos, los animales no tardaron en batirse en retirada. Unos cuantos ya estaban heridos. Se refugiaron en los edificios de la granja y espiaron con cautela por las grietas y los agujeros de los nudos de la madera. Todo el extenso prado, incluido el molino de viento, pasó a manos del enemigo. Por un momento, incluso Napoleón parecía devastado. Deambulaba de un lado a otro sin pronunciar palabra, con la cola rígida y en movimiento. Miraba con nostalgia en dirección al Bosque de Zorros. Si Pilkington y sus hombres los ayudaban, quizá pudieran salvar el tipo. Pero en ese instante regresaron las cuatro palomas que habían mandado el día anterior, una de ellas con un papelito atado a la pata de parte de Pilkington. En él estaba escrito en lápiz: «Os lo merecéis».

Mientras tanto, Frederick y sus hombres se habían detenido junto al molino de viento. Los animales los observaban y se extendió un murmullo de desaliento. Dos de los hombres habían sacado un cortafrío y un mazo. Iban a derrumbar el molino.

—¡Imposible! —chilló Napoleón—. Hemos construido los muros tan gruesos que no podrán. Ni en una semana conseguirían derruirlo. ¡Valor, camaradas!

Pero Benjamín observaba los movimientos de los hombres con atención. Los dos que llevaban el cortafrío y el mazo estaban perforando un agujero cerca de la base del molino de viento. Despacio, y con actitud casi divertida, Benjamín meneó el largo morro.

—No me sorprende —dijo—. ¿No veis lo que están haciendo? En un santiamén van a meter un explosivo en ese agujero.

Aterrados, los animales aguardaron. Era imposible aventurarse a salir del resguardo de los edificios. Al cabo de unos minutos, los hombres empezaron a correr en todas direcciones. Luego se oyó un rugido ensordecedor. Las palomas revolotearon por el aire y todos los animales excepto Napoleón se tumbaron bocabajo y escondieron la cara. Cuando se incorporaron de nuevo, una nube de humo negro ocupaba el espacio en el que antes estaba el molino de viento. Poco a poco, la brisa lo dispersó. ¡El molino de viento había dejado de existir!

Al verlo, los animales recuperaron el valor. El miedo y la desesperación que habían sentido un instante antes quedaron sepultados por la rabia contra aquel acto vil e imperdonable. Un poderoso grito de venganza se extendió entre ellos y, sin esperar más órdenes, cargaron todos a una y fueron directos al enemigo. En esa ocasión no hicieron caso de los crueles perdigones que les llovían como una pedregada. Fue una batalla cruda y salvaje. Los hombres dispararon una y otra vez y, cuando los animales se acercaron lo suficiente, los golpearon con los palos y las botas duras. Una vaca, tres ovejas y dos ocas perecieron, y casi todos los demás resultaron heridos. Incluso Napoleón, que daba órdenes desde la retaguardia, terminó con la cola herida por un perdigón. Pero los hombres tampoco salieron indemnes. Tres de ellos acabaron con la cabeza partida por las coces de Boxeador, a otro le perforó las entrañas el cuerno de una vaca, y a otro casi le arrancaron los pantalones Jessie y Campanilla. Y cuando los nueve perros guardaespaldas de Napoleón, a los que había indicado que resiguieran a escondidas el perímetro de la valla, aparecieron de repente por el lateral de los hombres ladrando con ferocidad, estos sintieron pánico. Supieron que corrían peligro de verse rodeados, así que Frederick les gritó a sus hombres que se batieran en retirada antes de que las cosas se torciesen, y justo después, el cobarde enemigo echó a correr para salvar el pellejo. Los animales los persiguieron hasta el borde mismo del campo y les dieron unas últimas patadas mientras se abrían paso como podían por el seto de espinos.

Habían ganado, pero estaban magullados y sangrando. Poco a poco regresaron cojeando a la granja. Ver a sus camaradas fallecidos tendidos en la hierba hizo llorar a algunos. Y durante un rato permanecieron quietos en un apenado silencio en el lugar donde antaño se erguía el molino de viento. Sí, se había esfumado, ¡casi hasta el último rastro de su labor había desaparecido! Incluso los cimientos habían quedado medio destruidos. Y para reconstruirlo, en esta ocasión no pondrían utilizar las piedras caídas como la vez anterior. Las piedras también se habían desvanecido. La fuerza de la explosión las había arrojado a cientos de metros de distancia. Era como si el molino nunca hubiese existido.

Cuando se acercaban a la granja, Embaucador, que para su sorpresa se había ausentado durante la batalla, corrió hacia donde estaban ellos, meneando el rabo y radiante de satisfacción. Y los animales oyeron, en la dirección de los edificios de la granja, el solemne disparo de un arma.

—¿A qué viene ese disparo? —dijo Boxeador.

—¡Es para celebrar nuestra victoria! —exclamó Embaucador.

—¿Qué victoria? —preguntó Boxeador.

Le sangraban las rodillas, había perdido una herradura y se había astillado el casco, y una docena de perdigones se habían alojado en su pata trasera.

—¿Cómo que qué victoria, camarada? ¿Acaso no hemos expulsado al enemigo de nuestra tierra, la tierra sagrada de la Granja de los Animales?

—Pero han destruido el molino de viento. ¡Y habíamos trabajado dos años enteros en él!

—¿Qué más da? Ya construiremos otro molino de viento. Es más, construiremos seis molinos, si nos apetece. ¿No eres consciente, camarada, de nuestra gran gesta? El enemigo había ocupado esta misma tierra sobre la que nos hallamos. Y ahora, gracias al liderazgo del camarada Napoleón, ¡hemos recuperado hasta el último palmo!

—Entonces hemos recuperado lo que ya teníamos —dijo Boxeador.

—Y ahí estriba nuestra victoria —insistió Embaucador.

Entraron renqueando en el patio. Los perdigones que Boxeador tenía bajo la piel de la pata le provocaban dolores atroces. Ante él vio la ardua labor de reconstruir el molino de viento desde los cimientos y, alentado por la imaginación, ya se preparó para la tarea. Pero por primera vez se le ocurrió que ya tenía once años y que quizá sus fuertes músculos ya no fueran lo que habían sido.

Pero cuando los animales vieron ondear la bandera verde y oyeron otro disparo de la escopeta (siete tiros en total) y escucharon el discurso que había preparado Napoleón, felicitándolos por su conducta, les pareció que, a fin de cuentas, sí habían obtenido una gran victoria. Los animales que habían caído en la batalla recibieron un funeral solemne. Boxeador y Trébol tiraron de la carreta que sirvió de coche fúnebre y el propio Napoleón encabezó el cortejo funerario. Dedicaron dos días completos a las celebraciones. Hubo canciones, discursos y más disparos festivos, y cada animal recibió el obsequio especial de una manzana, con dos onzas de maíz para cada ave y tres galletas para cada perro. Se anunció que la contienda se llamaría Batalla del Molino de Viento y que Napoleón había creado una nueva condecoración, la Orden del Estandarte Verde, que se había concedido a sí mismo. En medio de la euforia general, se olvidó el desafortunado incidente de los billetes falsos.

Unos días después, los cerdos se encontraron una caja de botellas de whisky en las bodegas del caserón. Al principio, cuando habían ocupado la casa, se les había pasado por alto. Aquella noche se oyeron canciones a voz en grito procedentes de la casa, entre las cuales, para sorpresa de todos, se entremezclaban estrofas de «Bestias de Inglaterra». A las nueve y media más o menos, vieron como Napoleón, que lucía el bombín del señor Jones, aparecía con total descaro por la puerta trasera, galopaba muy exaltado por el patio y luego desaparecía dentro otra vez. Pero, por la mañana, un profundo silencio se apoderó de la casa. No se movía ni un cerdo. Ya eran casi las nueve cuando Embaucador hizo su aparición; caminaba despacio y abatido, con la mirada apagada y la cola colgando flácida. Tenía todo el aspecto de estar muy enfermo. Congregó a los animales y les dijo que se veía en la obligación de darles una noticia terrible. ¡El camarada Napoleón agonizaba!

Los animales gritaron y se lamentaron. Pusieron paja a las puertas de la casa y caminaban de puntillas. Con lágrimas en los ojos, se preguntaban unos a otros qué iban a hacer si se veían privados de su Líder. Se propagó el rumor de que, a pesar de todo, Bola de Nieve había conseguido poner veneno en la comida de Napoleón. A las once en punto, Embaucador salió para hacer otro anuncio. Como último acto en esta tierra, el camarada Napoleón había pronunciado un solemne decreto: beber alcohol se castigaría con la muerte.

No obstante, al atardecer Napoleón parecía encontrarse algo mejor y a la mañana siguiente Embaucador pudo comunicarles que estaba en vías de recuperarse. Napoleón había vuelto al trabajo esa misma tarde, y al día siguiente se supo que había indicado a Whymper que comprase en Willingdon algunos manuales sobre cómo hacer cerveza y destilar alcohol. Una semana después, Napoleón dispuso que el pequeño prado, que estaba detrás del huerto de frutales y que hasta entonces se había reservado para pasto de los animales que ya no podían trabajar, fuera arado. Se adujo que el pasto estaba agotado y había que remover la tierra; pero no tardó en saberse que Napoleón quería plantar cebada allí.

Casi a la vez ocurrió un extraño incidente que casi nadie fue capaz de comprender. Una noche, a eso de las doce, se oyó un estruendo en el patio y los animales salieron a toda prisa de sus resguardos. Era una noche iluminada por la luna. A los pies del muro del fondo del granero grande, donde estaban escritos los Siete Mandamientos, había una escalera rota por la mitad. Embaucador, aturdido por el golpe, estaba despatarrado junto a la escalera, y cerca de él había un farol, una brocha y un bote de pintura blanca volcado. Los perros crearon de inmediato un círculo alrededor de Embaucador y lo escoltaron hasta la casa en cuanto fue capaz de caminar. Ninguno de los animales logró hacerse a la idea de qué podía significar aquello, salvo el viejo Benjamín, que meneó el hocico con aire sabio y pareció comprender lo ocurrido, pero no dijo nada.

Sin embargo, unos días después, Muriel, que se había puesto a leer en voz baja los Siete Mandamientos, se fijó en que había otro que los animales recordaban mal. Pensaban que el Quinto Mandamiento era «Ningún animal beberá alcohol», pero había otras dos palabras que habían olvidado. En realidad, el Mandamiento decía: «Ningún animal beberá alcohol en exceso».

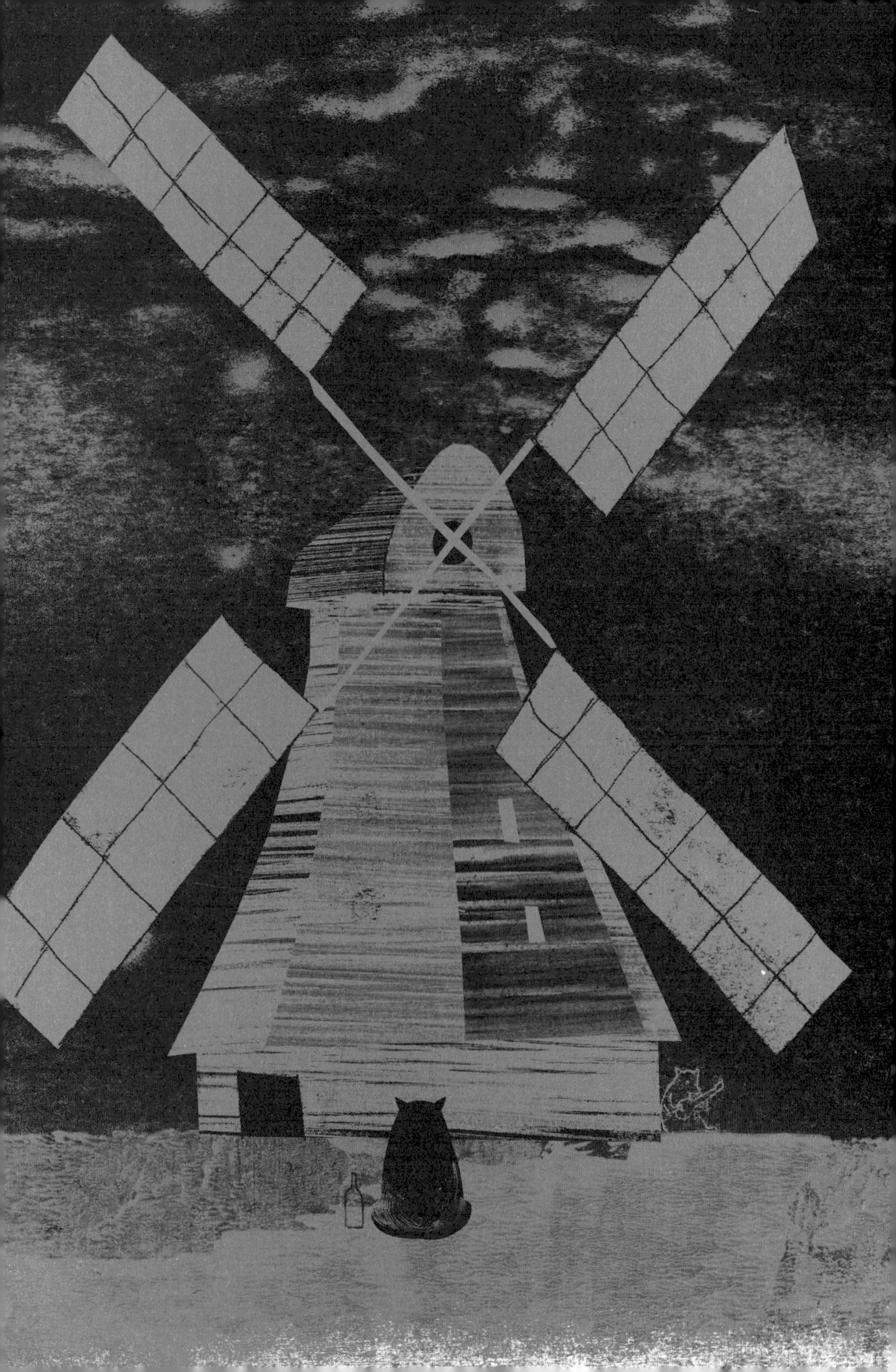

9

El casco partido de Boxeador tardó mucho en sanar. Habían empezado a reconstruir el molino de viento al día siguiente de terminar con las celebraciones de la victoria. Boxeador se negó a tomarse un solo día libre y convirtió en una cuestión de honor el no permitir que se notara cuánto le dolía. Por las noches admitía en privado ante Trébol que el casco le preocupaba muchísimo. Trébol le aplicaba ungüentos de hierbas medicinales que preparaba masticándolas, y tanto ella como Benjamín instaban a Boxeador a que trabajase menos. «Los pulmones de un caballo no duran para siempre», le decían. Pero Boxeador no les prestaba atención. Decía que solo le quedaba una ambición: ver el molino de viento bastante avanzado antes de que le llegara la edad de jubilarse.

Al principio, cuando se habían formulado las primeras leyes de la Granja de los Animales, la edad de jubilación se había fijado para los caballos y los cerdos a los doce años, para las vacas a los catorce, para los perros a los nueve, para las ovejas a los siete y para las gallinas y las ocas a los cinco. Todos acordaron que los animales retirados recibieran copiosas pensiones de jubilación. De momento, ningún animal se había jubilado ni recibía pensión, pero desde hacía un tiempo el tema se había debatido largo y tendido. Ahora que el campito de detrás del huerto de frutales había quedado reservado para la cebada, se rumoreaba que se vallaría un rincón del prado grande para convertirlo en zona de pasto destinada a los animales de más edad. Se decía que, para un caballo, la pensión sería de dos kilos de maíz al día y, en invierno, siete kilos de heno, con una zanahoria o posiblemente una manzana los días festivos. Boxeador cumpliría doce años a finales del verano siguiente.

Mientras tanto, la vida era dura. El invierno fue tan frío como el anterior y la comida era todavía más escasa. De nuevo, redujeron todas las raciones, excepto las de los cerdos y los perros. Según les explicó Embaucador, un reparto equitativo demasiado rígido de las raciones habría sido contrario a los principios del Animalismo. Sea como fuere, no le costó mucho demostrar que, en realidad, los demás animales no iban faltos de alimento, a pesar de las apariencias. De momento, se había juzgado absolutamente necesario realizar reajustes en las raciones (Embaucador siempre hablaba de «reajustes», nunca de «reducción»), pero en comparación con los tiempos de Jones la mejora era enorme. Les leyó los números en voz alta y chillona a toda prisa y les demostró con detalle que tenían más avena, más heno y más nabos de los que habían recibido en la época de Jones, que trabajaban menos horas, que el agua que bebían era de mejor calidad, que vivían más años, que una proporción más elevada de su descendencia sobrevivía a la infancia, que tenían más paja en los establos y cuadras, y que sufrían menos las pulgas. Los animales se creyeron hasta la última palabra. A decir verdad, Jones y todo cuanto este implicaba se había convertido en un recuerdo difuso, casi borrado de su memoria. Sabían que ahora la vida era dura y austera, que a menudo tenían hambre y frío, y que por norma general se pasaban trabajando todas las horas que no estaban durmiendo. Pero, sin duda, en los viejos tiempos era aún peor. Se alegraban de creerlo. Además, en aquella época habían sido esclavos y ahora eran libres, y ahí estribaba la diferencia, como Embaucador se encargaba de señalarles.

Ahora había muchas más bocas que alimentar. En otoño, las cuatro cerdas habían tenido camada a la vez, y entre todas habían parido treinta y un lechones. Eran todos moteados, y como Napoleón era el único cerdo semental de la granja, resultaba fácil adivinar quién era su otro progenitor.

Se anunció que más adelante, cuando comprasen ladrillos y madera, se construiría una escuela en el jardín del caserón. De momento, Napoleón en persona instruía a los lechones en la cocina. Hacían ejercicio en el jardín y les insistían en que no jugaran con otras crías y cachorros. Más o menos por esas fechas, se fijó como norma que, cada vez que un cerdo y otro animal se cruzasen en el camino, el otro animal habría de apartarse. Además, todos los cerdos, del grado que fuesen, tendrían el privilegio de lucir lazos verdes en la cola los domingos.

La granja había tenido un año bastante fructífero, no obstante lo cual iba justa de dinero. Había que comprar los ladrillos, la arena y la cal para el aula, y también sería necesario ahorrar para la maquinaria del molino de viento. Luego estaban el aceite para las lámparas y las velas para la casa, el azúcar para la mesa de Napoleón (que la prohibía al resto de cerdos alegando que de ese modo engordaban) y los recambios habituales de herramientas, clavos, cuerda, carbón, cable, chatarra y galletas para los perros. Así pues, vendieron una parte del heno y otra de la cosecha de patatas, y el contrato de los huevos se amplió a seiscientos a la semana, de modo que ese año las gallinas apenas pudieron criar polluelos suficientes para que su población se mantuviera estable. Las raciones, reducidas en diciembre, se redujeron otra vez en febrero, y se prohibió reservar aceite para los candiles de los establos y cuadras. En contraste, los cerdos parecían bastante cómodos, a juzgar por los kilos que iban ganando. Una tarde de finales de febrero, un aroma cálido, rico y apetitoso, algo que los animales no habían olido jamás, se coló por el patio desde la pequeña fábrica de cerveza que estaba detrás de la cocina y había dejado de usarse en tiempos de Jones. Alguien dijo que era el olor de la cebada cocida. Los animales olisquearon con ansia y se preguntaron si estarían preparando unas gachas calientes para la cena de todos. Pero no vieron gachas calientes por ninguna parte, y al domingo siguiente se anunció que, a partir de ese momento, toda la cebada se reservaría para los cerdos. El campo que había detrás del huerto de frutales ya tenía cebada plantada. Y pronto se filtró la noticia de que todos los cerdos recibían una ración de una pinta de cerveza diaria, con medio galón para el propio Napoleón, que siempre le servían en la sopera de Crown Derby.

No obstante, si tenían que superar penurias, en parte se veían mitigadas por el hecho de que la vida era entonces mucho más digna que antes. Había más canciones, más discursos, más desfiles. Napoleón había ordenado que una vez a la semana se celebrase algo denominado «Manifestación Espontánea», cuyo objeto era celebrar los esfuerzos y los triunfos de la Granja de los Animales. En el momento acordado, los animales dejaban el tajo y marchaban alrededor del perímetro de la granja en formación militar, con los cerdos a la cabeza, luego los caballos, después las vacas, luego las ovejas y, por último, las aves de corral. Los perros flanqueaban el desfile y en primer lugar marchaba el gallo negro de Napoleón. Boxeador y Trébol siempre llevaban entre los dos un estandarte verde en el que estaban dibujados el casco y el cuerno junto con el lema «¡Larga vida al camarada Napoleón!». Después recitaban poemas compuestos en honor de Napoleón y Embaucador daba un discurso en el que enumeraba los pormenores de los últimos aumentos en la producción de bienes, y de vez en cuando disparaban la escopeta. Las ovejas eran las más devotas de las Manifestaciones Espontáneas y, si alguien se quejaba (como solían hacer los animales cuando no los oían los cerdos ni los perros) de que perdían el tiempo y era un fastidio tener que estar plantados con el frío, las ovejas se aseguraban de silenciar a quien protestara con un tremendo balido de «¡Cuatro patas bueno, dos patas malo!». Pero, en conjunto, los animales se divertían con esas celebraciones. Les resultaba reconfortante que les recordaran que, al fin y al cabo, eran los auténticos amos de sus vidas y que su trabajo redundaba en su propio beneficio. Así pues, entre las canciones, los desfiles, las listas de números de Embaucador, el estruendo del arma, el canto del gallo y el izamiento de la bandera, eran capaces de olvidar que tenían el estómago vacío, por lo menos durante un rato.

En abril, la Granja de los Animales fue proclamada República y se hizo necesario elegir un presidente. Había un único candidato, Napoleón, a quien eligieron por unanimidad. Ese mismo día se informó de que habían descubierto documentos nuevos que revelaban más detalles de la complicidad entre Bola de Nieve y Jones. Al parecer, Bola de Nieve no se había limitado, como habían imaginado con anterioridad los animales, a intentar perder la

Batalla de la Vaqueriza mediante una estratagema, sino que había luchado abiertamente en el bando de Jones. De hecho, era él quien había liderado las fuerzas humanas y había ido a la carga en la batalla con la proclama «¡Larga vida a la Humanidad!» en los labios. Las heridas del lomo de Bola de Nieve, que unos pocos animales todavía recordaban haber visto, habían sido infligidas por los colmillos de Napoleón.

De repente, en mitad del verano, reapareció en la granja Moisés, el cuervo, después de varios años de ausencia. Apenas había cambiado, seguía sin dar un palo al agua y hablaba con el mismo fervor que antes de la Montaña de Caramelo. Se apostaba en un tocón, batía las alas negras y hablaba sin parar a todo aquel que quisiera escucharlo.

—Ahí arriba, camaradas —les decía con solemnidad, y señalaba el cielo con el pico—, ahí arriba, justo al otro lado de esa nube oscura que veis, ahí está la Montaña de Caramelo, ¡ese dichoso país en el que nosotros, pobres animales, descansaremos para siempre de tanto trabajo!

Incluso aseguraba que había estado allí en uno de sus vuelos más altos y había visto los interminables campos de trébol y el pastel de linaza y los terrones de azúcar que crecían en los arbustos. Muchos de los animales lo creían. Según razonaban, ahora sus vidas se reducían a hambre y esfuerzo; ¿no era justo y necesario que existiera un mundo mejor en algún sitio? Resultaba difícil discernir cuál era la actitud de los cerdos hacia Moisés. Todos declaraban con ímpetu que sus historias sobre la Montaña de Caramelo eran mentira, pero al mismo tiempo lo dejaban que se quedara en la granja, sin trabajar, y con una asignación de un vasito de cerveza al día.

En cuanto se le curó el casco, Boxeador se puso a trabajar más que nunca. De hecho, todos los animales trabajaron como esclavos aquel año. Aparte del trabajo habitual de la granja y la reconstrucción del molino de viento, estaba la escuela para los lechones, que habían empezado a levantar en marzo. Algunas veces costaba sobrellevar las largas horas de trabajo con comida insuficiente, pero Boxeador no flaqueó nunca. Nada de lo que decía o hacía daba muestras de que sus fuerzas hubieran menguado. Su apariencia era lo único que parecía un poco alterado; su pelaje era menos brillante que antes y sus grandes patas traseras parecían haber menguado.

Los demás decían: «Boxeador se pondrá a tono cuando salga la hierba en primavera»; pero salió la hierba y Boxeador no engordó. Algunas veces, en la pendiente que conducía a la cima de la cantera, cuando ponía a prueba sus músculos contra el peso de alguna roca inmensa, parecía que lo único que lo mantenía en pie era la voluntad de continuar. En esos momentos, se veía que sus labios formaban las palabras «Trabajaré aún más»; se había quedado sin voz. Una vez más, Trébol y Benjamín le advirtieron que cuidara de su salud, pero Boxeador no les hizo caso. Se acercaba su duodécimo cumpleaños. No le importaba lo que ocurriera con tal de haber acumulado una buena reserva de piedras antes de convertirse en pensionista.

A última hora de una tarde de verano, corrió un repentino rumor por la granja: a Boxeador le había pasado algo. Había salido por su cuenta para arrastrar un cargamento de piedra hasta el molino de viento. Por supuesto, el rumor era cierto. Al cabo de unos minutos, dos palomas llegaron volando con la noticia: «¡Boxeador se ha caído! ¡Está tumbado sobre el flanco y no puede levantarse!».

Casi la mitad de los animales se apresuraron a subir a la loma en la que se alzaba el molino. Allí estaba Boxeador, tumbado entre los radios de la carreta, con el cuello estirado, incapaz de levantar la cabeza siquiera. Tenía los ojos vidriosos, los flancos empapados en sudor. Un fino hilillo de sangre le salía de la boca. Trébol se puso de rodillas a su lado.

—¡Boxeador! —exclamó—. ¿Cómo estás?

—Es el pulmón —respondió Boxeador con voz débil—. No importa. Creo que seréis capaces de acabar el molino sin mí. Hay bastantes piedras acumuladas. En cualquier caso, ya solo me quedaba un mes de trabajo. A decir verdad, llevaba tiempo pensando en la jubilación. Y, como Benjamín también se está haciendo viejo, quizá le dejen retirarse a la par que a mí, y de ese modo me hará compañía.

—Id a buscar ayuda de inmediato —dijo Trébol—. ¡Rápido, que alguien vaya a contarle a Embaucador lo que ha pasado!

Todos los demás animales corrieron a la casa para contarle lo ocurrido a Embaucador. Trébol fue la única que se quedó con el viejo caballo, junto con Benjamín, quien se tumbó al lado de Boxeador y, sin decir nada, le apartó las moscas con su larga cola. Al cabo de un cuarto de hora apareció Embaucador, con grandes muestras de preocupación y empatía. Dijo que el camarada Napoleón se había preocupado muchísimo al tener conocimiento de semejante desgracia ocurrida a uno de los trabajadores más fieles de la granja y ya estaba haciendo los preparativos para mandar a Boxeador a un hospital de Willingdon, donde lo tratarían. Los animales se incomodaron un poco al oírlo. Salvo Mollie y Bola de Nieve, ningún otro animal había salido de la granja, y no les gustaba la idea de que su camarada enfermo quedara en manos de los seres humanos. Sin embargo, a Embaucador no le costó convencerlos de que el veterinario de Willingdon trataría el caso de Boxeador con mayor diligencia que si se quedara en la granja. Y al cabo de una media hora, cuando Boxeador se hubo recuperado un poco, lo pusieron a cuatro patas con grandes esfuerzos y consiguió regresar renqueante hasta su cubículo del establo, donde Trébol y Benjamín le habían preparado un buen lecho de paja.

Durante los dos días siguientes, Boxeador se quedó en el establo. Los cerdos le habían mandado una botella grande de jarabe de color rosa que habían encontrado en el botiquín del cuarto de baño y Trébol se lo daba a Boxeador dos veces al día, después de las comidas. Por las noches, la yegua se tumbaba a su lado y le hablaba, mientras Benjamín le apartaba las moscas. Boxeador insistía en que no lamentaba lo ocurrido. Si se recuperaba por completo, cabía esperar que viviera otros tres años, y no paraba de imaginarse los placenteros días que pasaría en el rincón reservado del prado grande. Sería la primera vez que tendría tiempo libre para estudiar y ejercitar la mente. Dijo que su intención era dedicar el resto de su vida a aprender las demás letras del alfabeto.

Sin embargo, Benjamín y Trébol solo podían estar con Boxeador después de la jornada laboral, y fue en mitad del día cuando llegó el carruaje para llevárselo. Todos los animales estaban trabajando, quitando las malas hierbas de los nabos bajo la supervisión de un cerdo, cuando se quedaron apabullados al ver que Benjamín llegaba al galope desde los edificios de la granja, bramando a pleno pulmón. Era la primera vez que veían a Benjamín exaltado; es más, era la primera vez que lo veían galopar.

—¡Rápido, rápido! —gritó—. ¡Venid de inmediato! ¡Se llevan a Boxeador!

Sin esperar las órdenes del cerdo, los animales dejaron sus tareas y corrieron a los edificios. Y en efecto, en el patio había una inmensa berlina cerrada, tirada por dos caballos, con letras en el lateral y un hombre de aspecto taimado con un bombín bien calado que ocupaba el asiento del cochero. Y el cubículo de Boxeador estaba vacío.

Los animales se agruparon detrás del carruaje.

—¡Adiós, Boxeador! —exclamaron a coro—. ¡Que te vaya bien!

—¡Tontos! ¡Tontos! —gritaba Benjamín, saltando entre ellos y pateando la tierra con sus pequeñas pezuñas—. ¡Zopencos! ¿Es que no veis lo que está escrito en el lateral de la berlina?

Entonces los animales se detuvieron y se oyó un murmullo. Muriel empezó a leer las palabras letra por letra. Pero Benjamín la apartó de un empujón y, en mitad de un silencio sepulcral, leyó:

—«Alfred Simmonds, matarife de caballos y fabricante de cola, Willingdon. Comerciante de pieles y harina de huesos. Proporciona transporte». ¿Es que no entendéis lo que significa? ¡Llevan a Boxeador al matadero!

Todos los animales soltaron un grito de horror. En ese momento, el conductor del carruaje dio un latigazo a sus caballos y el vehículo avanzó por el patio con un trote rápido. Los animales lo siguieron, gritando con todas sus fuerzas. Trébol se abrió paso hasta la primera fila. El carruaje empezó a ganar velocidad. Trébol intentó activar sus patas traseras y consiguió un medio galope.

—¡Boxeador! —lo llamó—. ¡Boxeador! ¡Boxeador! ¡Boxeador!

Y justo en ese momento, como si hubiera oído el estruendo del exterior, la cara de Boxeador, con la línea blanca que le bajaba por la nariz, apareció en la ventanita de la parte posterior de la berlina.

—¡Boxeador! —exclamó Trébol aterrorizada—. ¡Boxeador! ¡Baja de ahí! ¡Sal enseguida! ¡Te llevan a la muerte!

Todos los animales se unieron al grito de «¡Baja, Boxeador, baja!». Pero el carruaje ya iba muy rápido y ganaba cada vez más distancia. No les quedó claro si Boxeador había llegado a entender lo que le había dicho Trébol. Pero un momento después su rostro desapareció del ventanuco y se oyó un tremendo retumbar de cascos dentro del carruaje. Trataba de salir de allí a patadas. Antaño, unas cuantas coces de los cascos de Boxeador habrían hecho añicos la madera del carruaje. Pero, ¡ay!, ya no tenía fuerzas; y al cabo de unos instantes, el repicar de los cascos se amortiguó hasta desaparecer. Desesperados, los animales empezaron a suplicar a los dos caballos que tiraban del carruaje para que frenasen. «¡Camaradas, camaradas! —les gritaban—. ¡No llevéis a vuestro propio hermano a la muerte!». Pero los estúpidos brutos, demasiado ignorantes para darse cuenta de lo que sucedía, se limitaron a echar las orejas hacia atrás y apretaron el paso. La cara de Boxeador no volvió a aparecer por la ventanita. Cuando ya era demasiado tarde, a alguien se le ocurrió adelantarse para cerrar la puerta de cinco listones; pero antes de que pudieran hacer nada, la berlina la había cruzado y desaparecía a toda prisa por la carretera. No volvieron a ver a Boxeador.

Tres días más tarde, anunciaron que había muerto en el hospital de Willingdon, a pesar de haber recibido todas las atenciones posibles. Embaucador fue quien comunicó la noticia a los demás. Según dijo, había estado presente durante las últimas horas de vida de Boxeador.

—¡Fue la escena más conmovedora que he presenciado jamás! —dijo Embaucador, y levantó la pata delantera para enjugarse una lágrima—. Estuve junto a su lecho de muerte hasta el último aliento. Y al final, casi demasiado débil para hablar, me susurró al oído que su única pena era haber muerto antes de ver terminado el molino de viento. «Adelante, camaradas», susurró. «Adelante en nombre de la Rebelión. ¡Larga vida a la Granja de los Animales! ¡Larga vida al camarada Napoleón! Napoleón siempre tiene razón». Esas fueron sus últimas palabras, camaradas.

En aquel momento, el semblante de Embaucador cambió. Se quedó callado un momento y lanzó miradas suspicaces de lado a lado antes de continuar.

Según les dijo, había llegado a sus oídos un rumor infundado y malévolo que había circulado entre los animales cuando se habían llevado a Boxeador. Algunos animales se habían fijado en que en el carruaje que transportaba al enfermo ponía «Matarife de caballos» y, sin más, habían llegado a la conclusión de que llevaban a Boxeador al matadero. Era casi increíble, dijo Embaucador, que pudiera haber animales tan tontos. No le cabía duda, chilló indignado, no le cabía duda de que conocían a su amado Líder, el camarada Napoleón, y sabían que sería incapaz de hacer algo así, ¿verdad? El asunto era muy fácil de explicar. Antes, la berlina había pertenecido al matarife y luego la había comprado el veterinario, quien aún no había tapado el nombre anterior con pintura. De ahí había surgido el error.

Los animales sintieron un inmenso alivio al oírlo. Y cuando Embaucador continuó dando detalles gráficos acerca del lecho de muerte de Boxeador, del admirable cuidado que había recibido y de los caros medicamentos que le había pagado Napoleón sin pensar ni un momento en el coste, se disiparon sus últimas dudas y el dolor que sentían por la muerte de su camarada se vio mitigado al saber que al menos había muerto feliz.

El propio Napoleón apareció en el mitin del domingo siguiente por la mañana y pronunció una breve oración en honor de Boxeador. No había sido posible, les dijo, recuperar los restos de su desdichado camarada para enterrarlos en la granja, pero había dispuesto una gran corona funeraria hecha con los laureles del jardín de la granja y la había mandado para que la colocaran en la tumba de Boxeador. Y unos días más tarde los cerdos tenían previsto celebrar un banquete ceremonial en honor de Boxeador. Napoleón terminó el parlamento con un recordatorio de las dos máximas favoritas de Boxeador: «Trabajaré aún más» y «El camarada Napoleón siempre tiene razón», máximas, dijo, que todos los animales harían bien en adoptar.

El día acordado para el banquete, el carruaje del tendero de Willingdon llegó a la granja y entregó una voluminosa caja de madera a los moradores del caserón. Por la noche se oyeron cantos jubilosos, a los que siguió lo que parecía una violenta disputa que terminó a eso las once de la noche con tremendo estrépito de cristales rotos. Nadie se removió en la casa hasta el mediodía siguiente. Y corrió el rumor de que no se sabía de dónde habían sacado los cerdos el dinero para comprarse otra caja de botellas de whisky.

10

Transcurrieron los años. Las estaciones iban y venían, las cortas vidas de los animales se esfumaban. Llegó un momento en el que no quedaba nadie que recordara los viejos tiempos de antes de la Rebelión, salvo Trébol, Benjamín, el cuervo Moisés y unos cuantos cerdos.

Muriel había muerto. Campanilla, Jessie y Pícaro habían muerto. También Jones estaba muerto: había fallecido en un hogar para alcohólicos en otra parte del condado. Bola de Nieve había pasado al olvido. Boxeador también había sido olvidado, salvo por los pocos que lo habían conocido. Ahora Trébol era una vieja yegua fornida, con las articulaciones agarrotadas y tendencia a acumular legañas en los ojos. Hacía dos años que había alcanzado la edad de la jubilación, pero, en realidad, ningún animal de la granja había llegado a jubilarse. Hacía mucho tiempo que se habían abandonado las conversaciones acerca de reservar una parcela del prado para los animales de avanzada edad. Ahora Napoleón era un cerdo semental maduro y bien gordo. Embaucador también estaba tan gordo que le costaba horrores ver entre los pliegues de carne. Benjamín era el único que continuaba más o menos como siempre, salvo porque tenía el hocico ligeramente más gris y porque, desde la muerte de Boxeador, estaba más apagado y taciturno que nunca.

A esas alturas había muchas otras criaturas en la granja, aunque el aumento no había sido tan exagerado como se esperaba en los primeros años de libertad. Para muchos de los animales que habían nacido allí, la Rebelión no era más que una vaga tradición, transmitida de boca en boca, y había otros que habían comprado y que nunca habían oído mencionar nada semejante antes de su llegada a la propiedad. Ahora la granja poseía otros tres caballos además de Trébol. Eran bestias elegantes y de primera clase, trabajadores entregados y buenos camaradas, pero muy tontos. Ninguno de ellos demostró ser capaz de aprender el alfabeto más allá de la B. Aceptaban todo lo que les decían sobre la Rebelión y los principios del Animalismo, sobre todo si se lo contaba Trébol, hacia quien sentían un respeto casi filial; pero no estaba claro si entendían gran cosa de esas enseñanzas.

La granja se había vuelto más próspera y estaba mejor organizada; incluso se había ampliado con dos campos que le habían comprado al señor Pilkington. El molino de viento por fin se había terminado de manera satisfactoria y la granja poseía una trilladora y un elevador de heno propios; también se le habían añadido varios anexos. Whymper se había comprado un carruaje de dos ruedas. Sin embargo, al final no habían llegado a utilizar nunca el molino de viento para generar energía eléctrica. Lo empleaban para moler el grano y con eso sacaban unos beneficios sustanciosos. Los animales se estaban dejando la piel en la construcción de otro molino; según les dijeron, cuando terminaran ese, instalarían las dinamos. Pero los lujos con los que Bola de Nieve les había enseñado a soñar en otro tiempo, los establos y corrales con luz eléctrica y agua caliente y fría, así como la semana laboral de tres días, ya no se mencionaban jamás. Napoleón había denunciado que tales ideas eran contrarias al espíritu del Animalismo. La verdadera felicidad, decía, consistía en trabajar mucho y vivir de manera frugal.

En cierto modo, daba la impresión de que la granja se había enriquecido sin hacer más ricos a los animales de paso; excepto, por supuesto, a los cerdos y los perros. Quizá en parte se debiera a la gran cantidad de cerdos y perros que había. No era que tales criaturas no trabajasen, a su manera. Tal como Embaucador no se cansaba de repetir, la supervisión y la organización de la granja requerían un esfuerzo interminable. Gran parte de ese trabajo era de una clase que los demás animales no podían comprender debido a su ignorancia. Por ejemplo, Embaucador les contó que los cerdos debían invertir una energía tremenda cada día para llevar a cabo misteriosas tareas llamadas «archivos», «documentos», «actas» y «memorandos». Se trataba de enormes hojas de papel que había que cubrir de palabras hasta no dejar ni un hueco, y en cuanto estaban llenas, se quemaban en el horno. Era de suma importancia para el bienestar de la granja, les decía Embaucador. Pero aun con todo, ni los cerdos ni los perros producían alimentos a partir de su trabajo; y eran muchísimos, y siempre con buen apetito.

En cuanto a los demás, tenían la impresión de que su vida era como había sido siempre. Solían pasar hambre, dormían sobre paja, bebían de la balsa, trabajaban en los campos; en invierno los importunaba el frío y en verano, las moscas. Algunas veces, los más viejos rebuscaban en su débil memoria e intentaban determinar si en los primeros días después de la Rebelión, cuando la expulsión de Jones todavía era reciente, las cosas eran mejores o peores que ahora. No lograban acordarse. No había nada con lo que pudieran comparar su vida actual; no tenían nada a lo que agarrarse salvo las listas de números de Embaucador, que demostraban de forma invariable que todo mejoraba día tras día. Los animales creían que se trataba de un problema sin solución; de todas formas, tenían poco tiempo para especular sobre tales cosas. El viejo Benjamín era el único que aseguraba recordar todos los detalles de su larga vida y que sabía que las cosas nunca habían sido, ni podrían ser jamás, mucho mejores ni mucho peores: el hambre, las penurias y las decepciones eran, según decía, la inalterable ley de la vida.

Y sin embargo, los animales nunca perdían la esperanza. Es más, nunca perdían, ni siquiera por un instante, el sentido del honor y del privilegio de ser miembros de la Granja de los Animales. Aún eran la única granja de todo el país (¡sí, de toda Inglaterra!) cuyos dueños y administradores eran animales. Ni uno solo de ellos, ni siquiera los más jóvenes, ni siquiera los recién llegados que habían comprado a otras granjas a veinte o treinta kilómetros de distancia, dejaban de maravillarse por eso. Y cuando oían el disparo de la escopeta y veían la bandera verde ondeando en lo alto del mástil, se les hinchaba el pecho con un orgullo eterno y siempre acababan hablando de los viejos días heroicos, de la expulsión de Jones, de la escritura de los Siete Mandamientos, de las grandes batallas en las que habían vencido a los humanos invasores. No habían abandonado ninguno de sus antiguos sueños. Aún creían en la República de los Animales que había predicho Comandante, donde los pies de los seres humanos no pisarían los verdes campos de Inglaterra. Algún día se instauraría; quizá no fuera pronto, quizá no fuera durante el lapso vital de ninguno de los animales que existían en aquel momento, pero, aun así, llegaría. Incluso tarareaban en secreto de vez en cuando la tonadilla de «Bestias de Inglaterra»; en cualquier caso, era un hecho que todos los animales de la granja se la sabían, aunque nadie se habría atrevido a cantarla en voz alta. Cierto era que tenían una vida dura y que no todas sus esperanzas se habían cumplido, pero eran conscientes de no ser como el resto de animales. Si tenían hambre, no era porque los alimentaran los tiranos seres humanos; si trabajaban mucho, por lo menos trabajaban para sí mismos. Ninguna criatura de la granja iba a dos patas. Ninguna criatura llamaba a otra «amo». Todos los animales eran iguales.

Un día, a principios de verano, Embaucador ordenó que las ovejas lo siguieran y las condujo hasta un yermo que había en la otra punta de la granja, que se había poblado de brotes de abedul. Las ovejas se pasaron todo el día pastando y comiéndose las hojas bajo la supervisión de Embaucador. Por la tarde, el cerdo regresó a la granja, pero, como el clima era cálido, les dijo a las ovejas que se quedaran donde estaban. Al final, las ovejas se pasaron una semana entera en el yermo, durante la cual ninguno de los otros animales supo de ellas. Embaucador pasaba con las ovejas la mayor parte del tiempo. Según dijo, estaba enseñándoles a cantar una canción nueva y para eso necesitaba privacidad.

Justo después del regreso de las ovejas, una plácida tarde, cuando los animales habían terminado la jornada y se dirigían de vuelta a los edificios de la granja, oyeron el aterrado relincho de un caballo desde el patio. Aturdidos, los animales pararon en seco. Era la voz de Trébol. Relinchó de nuevo y todos los animales echaron a galopar para llegar cuanto antes al patio. Entonces vieron lo que había visto Trébol.

Era un cerdo caminando sobre las patas de atrás.

Sí, era Embaucador. Con cierta torpeza, como si no estuviera demasiado acostumbrado a mover su considerable peso en esa postura, pero con un equilibrio perfecto, paseaba por el patio. Y al cabo de un momento, de una de las puertas del caserón salió una larga fila de cerdos, todos caminando a dos patas. Algunos lo hacían mejor que otros, a un par de ellos les costaba mantenerse y daba la impresión de que habrían preferido contar con el apoyo de un bastón, pero todos y cada uno de los puercos lograron recorrer todo el patio sobre las patas traseras. Al final, se oyó un tremendo aullido de parte de los perros y el agudo quiquiriquí del gallo negro, y entonces salió el propio Napoleón, majestuoso y sobre dos patas, mirando con aires de superioridad a diestra y siniestra, y con sus perros brincando alrededor.

Llevaba un látigo en una de las patas delanteras.

Se produjo un silencio sepulcral. Anonadados, aterrados, apiñados, los animales contemplaron la larga fila de cerdos que marchaba despacio por el patio. Era como si el mundo se hubiera puesto del revés. Entonces llegó un momento en el que superaron el choque inicial y, a pesar de todo (a pesar del pavor a los perros, a pesar del hábito, desarrollado durante largos años, de no quejarse nunca, de no criticar nunca, pasase lo que pasase), estuvieron a punto de pronunciar alguna palabra de protesta. Pero justo en ese instante, como si hubieran recibido una señal, todas las ovejas entonaron un tremendo balido que decía...

«¡Cuatro patas bueno, dos patas mejor! ¡Cuatro patas bueno, dos patas mejor! ¡Cuatro patas bueno, dos patas mejor!».

Continuaron durante cinco minutos seguidos. Y para cuando las ovejas se callaron, cualquier oportunidad de pronunciar alguna protesta se había anulado, pues los cerdos ya habían regresado en fila a la casa.

Benjamín notó un hocico que le tocaba el hombro. Se volvió. Era Trébol. Sus ojos viejos parecían más apagados que nunca. Sin decir ni una palabra, tiró de la crin del burro y lo condujo al fondo del granero grande, donde estaban escritos los Siete Mandamientos. Se quedaron un par de minutos observando la pared alquitranada con las letras blancas encima.

—Me falla la vista —dijo Trébol al fin—. Ni siquiera de joven habría sido capaz de leer lo que pone ahí. Pero me parece que la pared ha cambiado. ¿Siguen siendo los Siete Mandamientos como eran antes, Benjamín?

Por una vez, Benjamín aceptó romper su norma y leyó para su camarada lo que estaba escrito en la pared. Ahora no había nada salvo un único Mandamiento. Rezaba así:

TODOS LOS ANIMALES SON IGUALES,
PERO ALGUNOS ANIMALES SON MÁS IGUALES
QUE OTROS

Después de eso, no pareció extraño que al día siguiente todos los cerdos que supervisaban las tareas de la granja llevaran látigos en las patas delanteras. Tampoco les pareció extraño enterarse de que los cerdos se habían comprado una radio, tenían previsto instalar un teléfono y se habían suscrito a las publicaciones *John Bull*, *Tit-Bits* y *Daily Mirror*. No les pareció extraño cuando vieron a Napoleón paseando por el jardín del caserón con una pipa en la boca; no, ni siquiera se extrañaron cuando los cerdos sacaron la ropa de Jones de uno de los armarios y se la pusieron, cuando Napoleón apareció con un abrigo negro, pantalones bombachos y espinilleras de cuero, mientras que su cerda favorita lucía un vestido de seda tornasolada que la señora Jones solía ponerse los domingos.

Una semana después, por la tarde, unos cuantos carruajes de dos ruedas entraron en la granja. Habían invitado a una delegación de granjeros vecinos para que hicieran una ronda de inspección. Les mostraron toda la granja y los humanos fueron expresando una gran admiración por todo lo que veían, en especial por el molino de viento. Los animales estaban arrancando malas hierbas del campo de nabos. Trabajaban con diligencia, sin levantar apenas la cabeza del suelo, y sin saber qué les daba más miedo, si los cerdos o los visitantes humanos.

Esa noche se oyeron fuertes risas y canciones espontáneas procedentes de la casa. Y de repente, al percibir las voces mezcladas, a los animales les picó la curiosidad. ¿Qué podía estar sucediendo ahí dentro, ahora que por primera vez los animales y los seres humanos se reunían en términos

de igualdad? Todos a una, empezaron a reptar con sigilo hacia el jardín del caserón.

Al llegar a la valla se detuvieron, medio asustados de continuar, pero Trébol fue la primera en entrar. De puntillas avanzaron hasta la casa y los animales que eran lo bastante altos se asomaron por la ventana del comedor. Allí, alrededor de la mesa larga, había sentados media docena de granjeros y media docena de los cerdos más eminentes, con el propio Napoleón en el lugar de honor, presidiendo la mesa. Los cerdos parecían de lo más cómodos en las sillas. El grupo estaba jugando a las cartas, pero había hecho una pausa, claramente para brindar por algo. Circulaba una jarra grande y los comensales se rellenaban los vasos de cerveza. Nadie se fijó en las caras interrogantes de los animales que espiaban por la ventana.

El señor Pilkington, del Bosque de Zorros, se había levantado, con el vaso en la mano. Enseguida, les dijo, pediría a sus compañeros que hicieran un brindis. Pero antes, había unas palabras que creía conveniente decir él.

Era motivo de gran satisfacción para él, les dijo (y, estaba convencido, también para todos los presentes), sentir que un periodo tan largo de desconfianza y malos entendidos había llegado a su fin. Había habido un tiempo (aunque ni él, ni ninguno de los presentes, compartiera tales sentimientos), pero había habido un tiempo en el que los respetables propietarios de la Granja de los Animales habían sido mirados, no diría con hostilidad, pero quizá sí con cierto grado de desdén, por sus vecinos humanos. Habían ocurrido desgraciados incidentes, se habían propagado ideas equivocadas. Se había tenido la sensación de que la existencia de una granja cuyos propietarios y administradores eran cerdos era algo en cierto modo anormal y que podía tener efectos perturbadores en la zona. Demasiados granjeros habían dado por hecho, sin informarse bien, de que en tal granja prevalecería un espíritu de libertinaje y falta de disciplina. Estaban muy nerviosos ante las posibles consecuencias que tendría en sus propios animales, o incluso en sus empleados humanos. Pero todas esas dudas habían quedado disipadas. Hoy, sus amigos y él habían visitado la Granja de los Animales y habían inspeccionado hasta el último rincón con sus propios ojos y ¿qué habían encontrado? No solo los métodos más modernos, sino una disciplina y un orden que debería ser un ejemplo para los granjeros de todas partes. Creía que tenía razón al afirmar que las bestias inferiores de la Granja de los Animales hacían más trabajo y recibían menos comida que cualquier otro animal del condado. De hecho, durante su visita sus compañeros y él habían observado muchas medidas que pensaban implantar de inmediato en sus propias granjas.

Terminaría su parlamento, dijo el granjero, insistiendo una vez más en los sentimientos de amistad que subsistían, y que debían subsistir, entre la Granja de los Animales y sus vecinos. Entre los cerdos y los seres humanos no había, ni tenía por qué haber, ningún conflicto de intereses. Sus luchas y sus dificultades eran las mismas. ¿Acaso el problema de la mano de obra no era el mismo en cualquier parte? En ese momento saltó a la vista que el señor Pilkington quería introducir alguna ocurrencia cuidadosamente preparada sobre su compañía, pero por un momento se vio tan sobrepasado por la euforia que le resultó imposible verbalizarla. Después de mucho toser y atragantarse, rato en el que sus varias papadas se le pusieron de color púrpura, logró soltar:

—¡Si vosotros tenéis que lidiar con vuestros animales inferiores, nosotros tenemos a nuestras clases inferiores!

Esa sentencia provocó un rugido que se extendió por toda la mesa, y el señor Pilkington felicitó de nuevo a los cerdos por las escasas raciones que daban, las largas jornadas laborales y la ausencia general de afecto que había observado en la Granja de los Animales.

Y a continuación, dijo por fin, pediría a sus compañeros que se pusieran en pie y se aseguraran de tener el vaso lleno.

—Caballeros —concluyó el señor Pilkington—, caballeros, propongo este brindis: ¡por la prosperidad de la Granja de los Animales!

Todos brindaron con entusiasmo y patearon el suelo. Napoleón estaba tan satisfecho que abandonó su asiento y rodeó la mesa para brindar contra el vaso del señor Pilkington antes de vaciar el suyo. Cuando todos terminaron de brindar, Napoleón, que se había quedado de pie, confesó que él también quería decir unas palabras.

Como todos los discursos de Napoleón, fue breve y directo al grano. Él también estaba muy contento, dijo, de que el periodo de disparidad hubiese terminado. Durante mucho tiempo habían corrido rumores (alimentados, tenía motivos para pensar, por algún enemigo maligno) de que había algo subversivo e incluso revolucionario en la actitud que tenían sus colegas y él. Se los había acusado de incitar a la rebelión a los animales de las granjas colindantes. ¡Nada más lejos de la verdad! Su único deseo, ahora y en el pasado, era vivir en paz y mantener relaciones comerciales normales con sus vecinos. La granja que tenía el honor de controlar, añadió, era una empresa cooperativa. Los títulos de propiedad, que estaban en su poder, pertenecían a todos los cerdos en conjunto.

No creía, dijo, que todavía quedasen restos de las antiguas sospechas, pero recientemente habían realizado ciertos cambios en la rutina de la granja cuyo propósito era promover aún más la confianza de los humanos. Hasta ese momento, los animales habían tenido la algo absurda manía de dirigirse unos a otros como «camaradas». Eso sería suprimido. También se había instaurado una extraña costumbre, cuyo origen era desconocido, de desfilar todos los domingos por la mañana alrededor de un cráneo de cerdo que estaba clavado a un poste en el jardín. Esa práctica también se suprimiría, y ya habían enterrado la calavera. Sus visitantes quizá hubieran observado la bandera verde que ondeaba en el mástil. De ser así, tal vez se hubieran fijado en que el casco y el cuerno de color blanco que tenía dibujados antes habían sido eliminados. A partir de aquel momento sería una bandera verde lisa.

Solo tenía una observación que hacer, dijo, al excelente y fraternal discurso del señor Pilkington. Este se había referido en todo momento a la propiedad como Granja de los Animales. Por supuesto era imposible que supiera (pues él, Napoleón, lo anunciaba entonces en primicia) que el nombre «Granja de los Animales» había sido prohibido. De ahora en adelante el lugar pasaría a llamarse «Granja del Caserón», que, en su opinión, era el nombre correcto y el original.

—Caballeros —concluyó Napoleón—, propongo el mismo brindis que antes pero con otro nombre. Llenad los vasos hasta el borde. Caballeros, ¡brindemos por la prosperidad de la Granja del Caserón!

A eso siguieron los mismos vítores y brindis que antes, y todos apuraron los vasos hasta el fondo. Pero mientras los animales de fuera observaban la escena, les pareció que ocurría algo raro. ¿Qué era lo que había cambiado en los rostros de los cerdos? Los viejos ojos de Trébol pasaban de una cara a otra. Algunos tenían cinco papadas; otros, cuatro; otros, tres. Pero ¿qué era lo que parecía que estuviera mezclándose y mutando? Entonces, cuando se acabaron los aplausos, los comensales volvieron a coger las cartas y retomaron la partida que habían interrumpido, y todos los animales se alejaron en silencio.

Sin embargo, no habían dado ni veinte pasos cuando pararon en seco. Unos bramidos salían del caserón. Volvieron a toda prisa y miraron por la ventana de nuevo. Sí, se había desatado una violenta discusión. Había gritos, porrazos en la mesa, miradas suspicaces entre unos y otros, furiosas negaciones. Al parecer, el origen de la trifulca había sido que Napoleón y el señor Pilkington habían sacado sendos ases de picas al mismo tiempo.

Doce voces gritaban furiosas y todas sonaban igual. Ya no cabía duda de qué había ocurrido a los rostros de los cerdos. Las criaturas del exterior miraron a un cerdo y luego a un humano, a un humano y después a un cerdo, y otra vez a un cerdo y luego a un humano: pero ya era imposible distinguir cuál era cuál.

Noviembre de 1943-febrero de 1944

NOTA A LA TRADUCCIÓN

Traducir una obra tan emblemática como *Rebelión en la granja* es un privilegio y una responsabilidad. Por eso, agradezco a la editorial Alma el haberme propuesto este reto.

Publicada en Gran Bretaña en agosto de 1945 y un año después en Estados Unidos, no solo fue una de las obras más difundidas de Orwell en su momento, sino que también tuvo una gran repercusión internacional. Según apunta Peter Davison en su prólogo a la edición publicada por Penguin Books en 1989, en los primeros cinco años de circulación de la obra, y pese a la escasez de papel que siguió a la Segunda Guerra Mundial, se vendieron 25 500 ejemplares en Gran Bretaña y 590 000 en Estados Unidos, tres veces más que la suma de ejemplares vendidos hasta entonces de los nueve libros de

George Orwell previos a *Rebelión en la granja* (entre los que no estaba, por supuesto, su gran obra maestra, *1984*, que vio la luz a mediados de 1949).

También el mercado internacional se interesó de inmediato por la obra, pues no tardó en traducirse a las principales lenguas europeas y a otras no tan extendidas. En nuestra cultura, sin ir más lejos, contamos con diversas traducciones, que coexisten y dialogan entre sí, pues ya se sabe que cada profesional interpreta el texto de una manera y establece ciertas prioridades de traducción que dan una dimensión nueva a cada versión publicada. La singularidad es aún mayor cuando la edición es ilustrada, como esta, y el medio visual complementa y potencia las palabras escritas.

Una de mis prioridades ha sido mantener el espíritu alegórico de la obra original, reflejado en el subtítulo que acompañó a las primeras ediciones de Secker & Warburg y de Penguin Books: *Animal Farm: A Fairy Story,* un subtítulo que, tal como apunta Davison en su prólogo, desapareció en posteriores ediciones en Estados Unidos y, añado, también en numerosas traducciones publicadas en otros idiomas. Ese deseo de recuperar la parte de «cuento de hadas», de «fábula», que Orwell tenía en mente cuando escribió esta historia me ha llevado a traducir los nombres de casi todos los animales de la granja. Además de los consabidos Napoleón y Bola de Nieve, aquí los lectores se toparán, entre otros, con el fuerte y tenaz caballo Boxeador («Boxer» en el original y en muchas traducciones previas), con la maternal yegua Trébol («Clover» en inglés) y con el taimado cerdo Embaucador (llamado «Squealer» en el original, un término que designa tanto a un lechón como a una persona chivata). En este último caso, por ejemplo, he preferido reflejar el carácter del cerdo en cuestión, «capaz de convertir lo blanco en negro», como nos dice Orwell, aunque con ello me haya alejado de las acepciones más directas.

También los nombres de las granjas se han traducido siguiendo ese criterio. Así, «Manor House» pasa a ser la «Granja del Caserón» (un nombre directo y descriptivo) y las fincas adyacentes se convierten en el «Bosque de Zorros» («Foxwood» en el original), en alusión a la dejadez asalvajada de sus tierras, y en «Campo Apretado» («Pinchfield»), para reflejar uno de los sentidos de *pinch* («tacaño») que Orwell atribuye al dueño de dicha granja. En cuanto a la propia «Animal Farm», se ha vertido como «Granja de los Animales» (y no «Granja Animal») en un intento de reforzar su apropiación del terreno y el paralelismo entre los derechos de los animales y los «del pueblo», tan presente en la obra.

Otra de las prioridades ha sido, por supuesto, mantener el eco bíblico de la formulación de los Siete Mandamientos (que además se han dejado en mayúscula cuando Orwell lo hacía, una vez que se convierten en leyes sagradas) y el tono de «La Internacional», que se oye detrás del famoso himno «Bestias de Inglaterra». Para el resto de consignas y expresiones repetidas, así como para la semejanza entre el habla de algunos animales de la granja y el mundo militar y político, he intentado dar opciones equivalentes y plausibles en castellano, sin perder de vista que el tono alegórico de la obra la hace también exagerada, casi paródica.

Por último, a lo largo de toda la traducción he procurado seguir las reglas dadas por Orwell en su artículo

«La política y la lengua inglesa», publicado, igual que *Rebelión en la granja,* en 1945: huir de las expresiones manidas, evitar los circunloquios, buscar la palabra precisa y certera y, ante la duda, preferir el término cotidiano en lugar del especializado o innecesariamente culto. O mejor dicho, las he tenido presentes salvo cuando Orwell pone todos esos vicios, y algunos más, en boca de los cerdos para mofarse de su hipocresía y su pomposidad. En tales casos, he intentado que en la traducción su discurso también recordara al de determinados líderes políticos y dictadores varios. Espero haberlo conseguido y poder proporcionar a los lectores la ilusión de estar oyendo a Orwell a través de estas palabras.

Ana Mata Buil
Barcelona, 2022

OTROS TÍTULOS DEL AUTOR
EN ESTA COLECCIÓN:

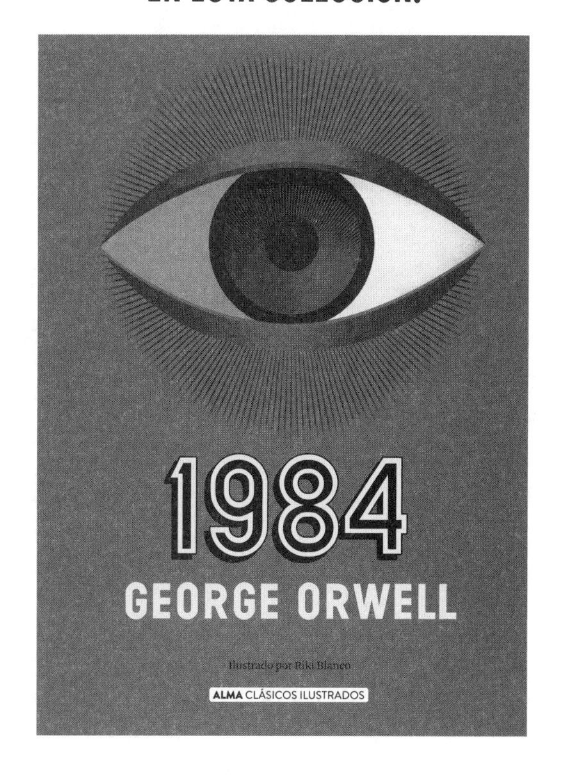